温柔是最坚定的力量

路倩 著

人民日报出版社
·北京·

图书在版编目（CIP）数据

温柔是最坚定的力量 / 路倩著 . -- 北京 : 人民日
报出版社, 2023.11
ISBN 978-7-5115-7904-1

Ⅰ.①温… Ⅱ.①路… Ⅲ.①散文集－中国－当代
Ⅳ.①I267

中国国家版本馆 CIP 数据核字 (2023) 第 137414 号

书　　名：	温柔是最坚定的力量
	WENROU SHI ZUI JIANDING DE LILIANG
著　　者：	路　倩

出 版 人：	刘华新
责任编辑：	梁雪云　陈　佳
版式设计：	元泰书装

出版发行：	人民日报出版社
社　　址：	北京金台西路 2 号
邮政编码：	100733
发行热线：	(010) 65369509 65369512 65363531 65363528
邮购热线：	(010) 65369530 65363527
编辑热线：	(010) 65363486
网　　址：	www.peopledailypress.com
经　　销：	新华书店
印　　刷：	河北浩润印刷有限公司
法律顾问：	北京科宇律师事务所 010-83622312

开　　本：	880mm×1230mm　　　1/32
字　　数：	220 千字
印　　张：	8.25
版次印次：	2023 年 11 月第 1 版　　2024年1月第1版第1次印刷

书　　号：	ISBN 978-7-5115-7904-1
定　　价：	56.00 元

一边接纳自己，一边走在路上

DIRECTORY

目　录

第一章　**我的眼里含泪，心中有光**

 第二章 **温柔是最坚定的力量**

 第三章 **绚烂至极　归于宁静**

爱，在爱中满足

第一章

我的眼里含泪，心中有光

生活现实、烦琐并充满荆棘，我们一边努力，一边得到，一边失去；我们仍会经历很多依靠我们的个体力量无法完成并实现的事情。如果换个角度呢？换个角度看世界、看自己就会发现：眼里有光，脚下有路；身在有间，心向桃源。

 关于我

昨天听了一首歌，周云蓬老师的《盲人影院》。

他越来越茫然

越来越不知所终

找不到个出路

要绝望发疯

他最后还是回到了盲人影院

坐在老位子上听那些电影

四面八方的座椅翻涌

好像潮水淹没了天空

　　每个人，都有自己的"盲人影院"。那里漆黑一片，只能用呼吸去感受。那种窒息、孤独、挣扎……你试图依靠，你试图逃离，你试图呐喊……这都无济于事。在你的"盲人影院"，只有你自己，只有你自己面对循环的黑夜、循环的孤独、循环的挣扎和循环的痛。

你曾想逃跑，你曾走出去，看过外面的世界，膨胀过自己，也击碎过自己。然后呐喊：为什么是这样？为什么我改变不了世界也改变不了自己？为什么我越努力竟越无力？为什么我蹚过荆棘前方还是荆棘？

你曾躲起来，做个游历四方的诗人；也曾"行到水穷处，坐看云起时"，可你放不下，丢不掉，舍不了。牵强地生存着。有的时候你是你，有的时候你也不知道你是谁。

你是谁呢？努力中，挣扎中，动摇中，坚定中，你回到了你的"盲人影院"——你不得不放下执念，承认了你的局限性。这份执念就是你的局限性啊！放下执念，接纳自己，接纳自己的局限性。如果生命中有或多或少的漆黑一片，那就用想象去画上彩虹；如果生命中有不得不留下的空白，那就让它空白着；如果生命中有些许断点，那就用自己写的诗画上音符。

人们正经历着前所未有的梦幻；人们被病毒击垮，倒下，然后站起来，去工作，去学习，去生活。仿佛什么也没有发生，仿佛发生了一切。这世界没有我们想象中的那么糟，它就是一个真实的世界，它没有跟你作对。正如我们也是真实的我们，有脆弱，有悲喜。

一边接纳自己，一边走在路上。

 秋日暖阳

生命的火花
是登上珠穆朗玛峰
站在山巅看世界之大
生命的火花
是飞越英吉利海峡
遨游太空沐浴朝霞
生命的火花
是四季的悄悄话
一片落叶
一朵小花

　　　　——小瓜《火花》

在我的儿子——9 岁的小瓜眼里，一片落叶、一朵小花是生命的火花，于是我想要写点什么，分享给和我一样认真生活的你们。与其说分享，不如说我在用自己的文字，

拥抱需要被拥抱的自己。

生活中，太多美好的瞬间，稍纵即逝，我想用文字留住它。你用心生活，用心工作，用心去爱，你不知道，会遇见谁，会发生什么，你只需要用心过好每一天，用心珍惜身边的人。那天在白塔寺，看到一对恋人，手牵着手，女孩儿倚着男孩儿，笑得特别甜，男孩儿低着头，微笑着，空气都变得甜蜜蜜的。白塔寺映着淡粉色的落日的光，在这对恋人身边安静地享受着光景。秋日的北京，银杏树就要勾上金边了，一阵微风，一片落叶，一抹金色的秋。

昨天跟客户聊天，客户说自己的微信里有 4000 个好友，他最羡慕的就是我的一个前辈，他说这位前辈是他这 4000 个好友中最幸福的人：工作效率高、投产比低、时间自由、灵魂自由。可是他并没有看到，这位前辈，几年如一日，晚睡早起，365 天无休，不抽烟不喝酒不打游戏不做无效社交，甚至不怎么休息，生活中几乎只剩下工作了。你看到的，是他的从容不迫与松弛感，和他那一切事儿都只是笑笑的云淡风轻——松弛感，是你经历了常人难以想象的艰难险阻之后，从容淡定地继续出发的平常心，你一直在路上。

上周去见一个传统制造业客户，在客户大门口被涌进大门上班的人流推了进去，那一瞬有些狼狈：早到了 30 分钟，背着电脑和材料，想要找个地方先坐一下吃个早餐。被推进大门的我，还是转身逆着人流，拼命挤了出来。这会儿工夫，白衬衫就被汗水浸湿了。不经意闻到了一股再熟悉不过的咖啡果香，顺着香气，在大门口旁边的一个小弄堂里，发现一家只有三个座位的咖啡小店——一杯热拿铁，一块烤得暖乎乎的黄油碱水。新的一天又回到了它该有的幸福起点：这 15 分钟，让我享受着温暖的满足感；尽管 15 分钟之后，还要继续被人流推进客户熙熙攘攘的大门。一个小小的咖啡店，15 分钟的片刻满足，都会让我们在生活的不得已中，有了选择偏爱自己的权利。

前阵子工作有些不尽如人意，还是没能逃脱大厂劣币驱逐良币的进化论。但转念，有了更多爱自己、爱身边人的时间。此时的舞台不是你的，又何必强求自己的角色？养精蓄锐、随时准备出发，感恩生活每一阶段的锤炼和恩赐。不以物喜，不以己悲，我们一直都在修炼，不是吗？

秋天是一年最美的季节，少了雨水，多了阳光；少了阴霾，多了色彩；少了埋怨，多了感恩。感恩丰收，感恩这在冬季来临前毫不吝啬拥抱我们的暖阳。

 ## 身在有间，心向桃源

> 封锁期间的一切
> 等于没有发生
> 整个的上海打了个盹
> 做了个不近情理的梦
> ——张爱玲《封锁》

似乎错过了和煦的春。窗外飘进一片红的香樟叶，封闭结束的日子，就是明媚的夏了吧？你看，四季的更迭，不会因疫情而改变；你悲伤或者快乐，春天都不会辜负你，她将如期而至。

那么，你需要做的仅仅是——放过自己！

放过自己，是做你现在能做的事情。

封闭第一天，在线入职了新的工作。随之开始因无法拜访客户有些焦躁。可那又怎样呢？见不了客户的日子里，有更多时间可以沉淀，沉淀对产品和业务的理解和洞察，沉淀对全新商业模式的思考，沉淀更有意思的打法，沉淀团队的打磨，沉淀眼前和未来我们太过匆匆而没有时间去沉淀的东西。

其实，能够健康地在家里工作且尚可还得起房贷、还得起信用卡的我们都是幸运的。那么，幸运的我们，为什么不能沉下来，去工作，去忙碌，有太多需要你本该去专注的事情了。任凭外面风浪拍打，只要你用心地努力，就是你对这个世界的回报，哪怕微弱，也值得被感谢。

那微弱的力量，是深夜里的灿烂星辰。

放过自己，是珍惜你现在能珍惜的人。

在一个叫作家的小空间里，你可能正与你的爱人，或者与爱人和孩子，或者与父母、爱人和孩子，或者与室友，或者独自一人封闭着。父母会唠叨你，孩子会占用你很多精力，你抱着手机抢菜拼团，你为工作为生活焦虑压抑。

可是你知道吗？生命很长又很短，在这既长又短的旅程中，或许这是唯一一段你可以和你自己、可以和你的至亲在一起这么久、这么近的日子。每天你需要在有限的资源里，想着怎么让一家人吃好，想着怎么让孩子把网课学好，想着怎么去完成压力挑战并存的工作任务——这是唯一一段我们可以把我们身上各种角色同时扮演好的日子，或许我们扮演得还是不够好：工作又熬夜了，孩子的作业没检查好，无法与爱人相见，囤的菜有点不够吃了……至少，我们正尽力珍惜着身边的人，和他们一起度过这亲密得不能再亲密的日子；以最近的距离感受着他们的喜怒哀乐；更重要的是，他们都健康地在你的身边，即使远方的爱人，也会钻进你的心，爱着你——最真实的你。

是啊，心之所至的，是家。

放过自己，是用力去爱。

阳光午后，加班开完会，把两小时完全给自己。看了一部很童话的爱情电影《最长的旅程》。男主是斗牛士，女主是即将工作的大四学生。冲刺世界排名的男主，和不希望他再以生命为代价而自我挑战的女主产生了分歧；女主在一对跨时空恋人的影响下，决定放弃纽约，留在男主的农场。男主最终在成功挑战世界冠军而找不到台下那双期待与欣赏的目光时，才意识到：原来，8秒（在牛背上的挑战时间）与余生哪个更重要，亿万星辰不及你的眼神。

从电影里简简单单地感受着爱与被爱的法则。即便是最纯粹的爱情，也有犹豫，也有得到，也有牺牲吧；或者说，爱情就是相爱的两个人持续得到与持续牺牲但乐在其中的过程。正如张爱玲眼里爱的回忆的味道，是衣柜里樟脑丸的香，甜而稳妥，像记得分明的快乐；甜而惆怅，像忘却了的忧愁。不论爱情是怎样的一段旅程，幸运的是，有个人会陪着你走过，这是只属于你们两个人的旅程，旅程中，你们尽情分享着只属于你们的喜怒哀乐。两个人在一起，很多困难需要面对，很多问题需要解决，可是两个人，只要决定在一起，神必会为他们开一扇窗，窗里，看得见月亮——一切问题，终会被解决，解决不了的，也终会被搁浅。

疫情让很多相爱的人，无法在一起。这时候真该读一读朱生豪写给宋清如的每一封情书，感受心在一起的暖光。他们相爱十年，异地通信，结婚两年，朱生豪便病逝。33岁的宋清如，终身没有再嫁，她完成了丈夫的夙愿——莎士比亚系列作品的后续翻译与出版工作。在丈夫两周年祭之际，她平静地说："我走完这命定的路程时，会看见你含着笑向我招手。"

想到朱生豪写给宋清如的信里有一句是这样说的："接到你的信，真快活，风和日丽，令人愿意永远活下去。世上一切算得什么，只要有你。"

愿每一天都真实的你，身在有间，心向桃源。

 是那束光啊

睁开眼，微信里都是朋友们的母亲节祝福："祝这世上最勇敢的母亲节日快乐""祝最伟大的母亲节日快乐""祝最坚强无私的母亲节日快乐"……生日、圣诞、新年，都没收到过这么多祝福，有点讽刺，有点无奈。我是妈妈，可是首先，我是我自己。

我快乐吗？

这世上，哪儿有纯粹的快乐？有喜有悲、有爱有恨的，才是生活吧？

这阵子有很多负面情绪，或许是被疫情隔离得太久，或许是工作太累，或许是小瓜开始到了男孩子都会有的叛逆期，我时常感到窒息，眼前一片黑漆漆，看不到远处的光。

我没那么伟大，我也会丢下一切，躲进自己的房间，拔出卧室的门钥匙，锁上门，不想再面对门外那个乱糟糟的世界。

我没那么勇敢，我也会害怕，傻傻对着镜子盯着这段时间瞬间花白的鬓角，我哭了一天——我害怕变老，我在该享受青春的时候没有享受过青春，我在最美的季节没有穿最美的花裙子，我的头发还没留到梦想中黑长直的齐腰长，我还有很多想去的地方没有去，我还孤单单一个人扛着一个家，我还陀螺般跟90后、00后在工作中不知疲倦地拼着体力……我怎么就变老了呢？

我没那么强壮，却一个人装修搬家奔波操劳；一个人在机场的凌晨3点的暴雨中叫不到车；一个人在医院写完了PPT，然后抱着氧气袋跑出去给自己的客户讲标的；一个人抱着小瓜迷茫而坚定地走在路上的八年……一幕又一幕，很珍贵，很励志，可我不想去回忆。

我没那么幸运，我也会全力以赴头破血流却颗粒无收，然后咬牙舔舐着伤口，站起来，继续向前，带着痛，也学会了忍耐。

第五遍看了《美丽人生》，罗伯托·贝尼尼饰演的犹太人父亲，和儿子一起被押进了纳粹集中营，父亲告诉儿子这是一场游戏之旅，获得一千分的人，可以赢得一辆坦克。欢乐和灾难是难以相融的，可是这位父亲，却用最乐观的态度经历了最沉重的历史。

"美丽人生"不仅仅是阳光雨露无忧虑的生活，它可以是一种更接近生命底色的美丽——即便生活遗弃了你，它依然美丽，你也就此释怀。在最极端的苦难里，最考验人性。这个时候，你会用怎样的态度来面对这种不可抗拒的命运？你会赋予这样极端的命运何种意义？

父亲最终用生命，带给儿子恩赐。最后，坦克真的来了，儿子坐着坦克回家，在回家路上找到了妈妈。是儿子足够幸运迎来了奇迹。是父亲赋予儿子在悲剧中的生命以全新的意义。这种全新的意义，让儿子完全换了一个视角和一种方式来面对每分钟都可能失去生命的残酷现实，"赢得了比赛"，拥有了美丽人生。

面对极端的、不可抗拒的命运，你会赋予它怎样的意义？爱，和换一种角度看世界的勇气与智慧。越乐观，越积极；越积极，越美好。

在母亲节的大清早，团购到了一束芍药，迎着阳光送到我的手上，这是封闭一个多月以来的第一束花：它们红扑扑的、香甜甜的，有的绽放、有的羞涩，随风散发着自由的气息，是送给妈妈的母亲节礼物呀。我也收到了小瓜自己做的卡片，立体的那种，小瓜还给我讲了一个藏在卡片里的神奇故事。一些简简单单的瞬间，会让我们慢慢被治愈，只要用心感受，心就会安静下来，然后被填满，被抚慰。

改变不了现实又怎样？

眼前黑漆漆又怎样？

看不到远处的光又怎样？

我就是那束光啊！

 ## 下雨了，穿过云层吧

出差从深圳乘高铁去广州，暴风雨猝不及防地拍打着车厢，天色暗去。

列车仍保持它的速度继续飞驰着，任雨水肆虐。大约10分钟的样子，阳光穿过云层，天晴了，暴风雨被甩在了车尾。那一瞬，心都亮了起来，可不是吗？我们就这样奔跑着，有狂风，有阴霾，有骤雨，可我们不会停下来，不慌不忙不沮丧，我们继续按原有的节奏奔跑，不知道什么时候，天就晴了，世界也安静了，或许前方还会有暴风雨，那又怎样呢？

如果，你爱的他，正坐在你的身边，紧握你的手，告诉你不论发生什么，都有他在；如果，你正一个人站在雨里，你抱紧自己，告诉自己：不怕，我要继续往前。那么，眼前的光影和远方的彩虹交织在这大雨滂沱里，你还会恐惧会焦虑会迟疑吗？

这阵子，经历了闺密的伤害、生活的撞击、工作的拍打，不确定自己是不是长大了。但可以确定的，是不再有从前的患得患失，外柔内刚才更可爱吧？不去伤害，保持热爱，感恩身边爱你的人，生活就会简单很多。单纯与美好，是可以传染的，你会发现，复杂的事情在你这里也变得简单，你会感受到他的爱，仿佛夏日里的徐徐微风，让阴霾天里湿漉漉的你，清爽、满足、宁静。

看爸妈斗嘴，不禁思考起什么样的婚姻才最让人舒服。生活的柴米油盐里，没有对错吧？如果每一次都要争吵，要求对方认错，认为自己居高临下，那么你失去的，可能就是更多远比无端要求对错更珍贵的东西，比如爱人长久的依恋，比如你在他心里最美好的让他爱上你的那个定格画面。学着在爱情里不计较、不争得失、不忽略却也不沉溺在细节里，我们都会更舒服吧。

郁郁葱葱的梧桐树下，人们放缓脚步。小雨打湿了地面，小瓜牵着他的狗狗，我捧着特意买给自己的花，明天虽是披荆斩棘的新的一周，也要享受这没有阳光依旧温柔的周日午后呀。

简单舒服的，才是生活。

 ## 36 岁，重新出发

五味杂陈的一岁，终要过去，迎来的，是崭新的日子。所以生日，更像是属于我们每个人辞旧迎新的盛典。

我常问自己，无所畏惧的我，到底在害怕什么？工作的挑战？带娃的操心？生活的艰辛？好像都不是。

无所畏惧的我，怕的是那份力不从心，那份因长期透支去拼命后落下的浑身有力却使不出的无力感。

蜡笔小新说，到幼稚园里去看看什么是真正的人生。我在急诊输液室里继续着我忙忙碌碌的人生：工作钉钉还在不停地响；装修师傅打电话来说管道隐患很大需要全部被改造；新的班主任老师在小黑板上罗列着各种新生家长需要马上完成的事情；搬家公司发信息说一个厢式货车装不下我家那么多行李；小瓜说他的暑期游泳课快结束了，希望妈妈可以去看他一次，看他游得多么像一只小青蛙……

没错，36 岁，我一如既往地做着那只不知疲倦的快乐陀螺，我转啊转啊，生活就是那根鞭子，它狠狠抽打着你，时刻提醒你，"别停下，你不可以停下，孩子需要你，父母需要你，你自己需要你"。陀螺的力不从心，是它想停却停不下，并深知自己随时都有可能转不动的无奈。

看一档关于 30+ 女性的综艺节目，那背影，定格在我的心里——不论上台前有多么焦虑、身体有多么不舒服、心情有多么低落、钩心斗角有多么压抑、对自己的歌声舞步有多么怀疑……当舞台的大门打开，灯光与目光交融时，姐姐们便挺起胸膛，跟队友们一起，步伐坚定，姿态妖娆，全神贯注……她们享受着舞台，那是她们付出汗水与泪水的心之所向。

挑战、困难、无奈又或者惊喜，是那扇大门，它终会打开，不论你是否愿意，你都将走进去。当然，你亦可以徘徊在门外，那么，你可能永远会做个配角，你可能永远无法感受到从舞台到心底的那道光，你可能永远活在等待中……你可能会遗憾。

我们的恐惧，统统来自对不可控的未知的畏惧，那何不用最美的姿态骄傲地走进那扇门，内心温柔、步履铿锵、目光坚定？之后，那便成了你的舞台，你摩拳擦掌、跃跃欲试；你收起悲伤，收起浑身的痛，你在你自己的舞台上跳跃——你一定很美、很酷、很迷人。那么焦虑就会变成释怀，释怀就会变成金光闪闪。

无所畏惧的我，怕的是孤独。所谓孤独，是你扛着一片天，却只有你自己知道你的脆弱，以及你对那份依赖前所未有的期待。

很久没有写字，是因为每每拿起笔，有很多话想说，却又不知从何说起。那就不说了吧，过好当下，保持欢喜。

疫情改变了我们的生活，让人越发感受到自由与健康的弥足珍贵。珍惜眼前，更期待未来，那份感恩与期待难以抹去的分量，在我们温热的掌心里泛着夏日的光。

七月的上海，总有一场躲不过的骤雨，沛然有力地让我们放下执念。痛苦的、孤单的、绝望的、欢乐的、幸福的、欣欣然的……这些碎片，才能沉淀出我们厚厚的人生吧？于是感恩自己仍旧青春的 36 岁，毕竟岁月是一场有去无回的旅行，感恩过往，感恩现在，感恩这一去不复返的 36 年。

你看，世间万物都在治愈你，那么也请你放过自己。

五味杂陈的一岁，终要过去，迎来的，是崭新的日子。
所以生日，更像是属于我们每个人的辞旧迎新的盛典。

36 岁，重新出发，重新去爱。

与这个世界被创造时相同
光突然沉重地照在人们的肩上
活着
是如此简单
一齐开始鸣叫的蝉
像刚学唱的合唱团

人们活过的七月
人们活着的七月……

骤雨冲掉化妆之后
幸福和不幸的面孔一模一样
　　　　　——谷川俊太郎《七月》

 写在春节前夕

写在春节前夕，越来越体会到把一切交给时间的力量。

这一年，公司经历了史无前例的风波，一起奋斗过的伙伴有的被裁员，有的自己离开。业务下线，客户质疑，合作受阻……但当你打开 OA，你发现有那么多同事发起的业务流程等着审批，竟被这朴实又静悄悄的"一切照旧"感动了。

昨天统计客户的感谢信，发现那么多熟悉的名字，被客户一次次提起。一个技术小伙伴告诉我，新的一年，不论世界有多纷乱，他只想踏踏实实建模，探索数据世界的魅力。

与其焦虑，与其担忧，不如放心地把一切交给时间，时间会证明你的努力，时间会认可你的坚定，时间会帮助你度过你始料未及却又束手无策的劫难。

谁都不看好表妹和男友的异国恋。表妹来我家过周末，凌晨1点，她随口说了句"要是有块榴梿千层，今夜就完美啦"——半小时后，快递送来了榴梿千层，我们大快朵颐。事后才知道，表妹的男友当时正在跨洋航班上为她订外卖。

表妹时常会出差，和我们不同的是，她不需要每每根据客户的位置去查找酒店，男友会为他提前订好，无一例外。

表妹爱丢东西，男友不厌其烦地每天提醒，但不论丢了什么，他总会温柔地说"别把自己丢了就行"。

表妹工作辛苦，时常焦虑到想换工作，他就帮表妹将一个个问题进行分析，他有一种神奇的力量，任何问题被他分析下来，都不是问题了。

表妹喜欢什么事儿都和他唠叨，他总是耐心地倾听，笑容灿烂；他的淡如止水，潜移默化地影响着、改变着表妹；他们给彼此空间，却保持在一起的舒服与坦诚。

还有个姐妹，她和老公喜欢说走就走的旅行。他们总是临时决定去潜水，去奈良看小鹿，去海德公园晒太阳，去纽伦堡的教堂赶周日最早场的礼拜……他们和你我一样，每天工作超过 15 小时，工作压力、养娃压力、中年危机……可他们是我身边最幸福的夫妻，他们约定好，就这么一起在生活的现实夹缝里，保持彼此共有的积极生活态度，保持只属于彼此的甜蜜与疯狂，保持对彼此的美好期待。

爱情里，时间越久，你们爱彼此越多；时间越久，你们看到的，越是闪闪发光的对方；心在一起的亲密远胜过貌合神离的面面相觑。

生活中，尽情地享受生活，尽情地努力工作，尽情地做自己，尽情地爱身边的人，时间会给你你想要的一切。

把过去、现在、未来，交给时间，然后欣欣然地祝福彼此：春节快乐！

陪姥姥过年，在飞回故乡的航班上写下这些文字。回想半年前从北京带着小瓜搬回上海，回想无数个出差奔波的日夜，回想一次次不知归途的人生旅行——不论你在哪里，不论你正经历着什么，所谓归途，其实是那个正在等你的人，他张开双臂，他微笑着，他对你说一声："欢迎回家。"

愿归途，他在等你。

写在春节前夕，四季更替的起点，分享济慈的《人的季节》，最寒冷的季节里，有最温暖的期盼……

一年之中，有四季来而复往
人的心灵中，也有春夏秋冬
他有蓬勃的春天，让天真的幻想
把天下美好的事物全抓到手中

到了夏天，他喜欢对那初春
年华的甜蜜思维仔细地追念
沉湎在其中，这种梦使他紧紧
靠近了天国；他的灵魂在秋天

有宁静的小湾，这时候他把翅膀
收拢了起来，他十分满足、自在
醉眼蒙眬，尽让美丽的景象
像门前小河般流过，不去理睬

他也有冬天，苍白，变了面形
不然，他就超越了人的本性

不是所有泪水，都有期许

安安哭泣的时候，有许朗让她依靠；李南恩无助的时候，有周尔文给她肩膀。那么，你呢？

今天有些沉重，公司优化人员，身边两个关系很好的同事离开了。一个是处处关心我的善解人意的小姐姐，一个是曾经一个部门一起奋战过的小伙伴。从被约谈到走出办公室，甚至没机会当面说声再见：从会议室出来、回到工位收拾东西、交电脑、离开……

一起加班，一起吐槽，一起陪着彼此挑灯 PPT 的日子历历在目。或许优化是常态，或许被优化并不是一件坏事，或者未来的她们会走得更好，可没出息的我还是鼻子一阵酸楚，不禁想到泰戈尔的那句话：生命犹如渡河，我们相识在同一条船里，到彼岸时各奔东西。

小伙伴安慰我说："我可以拿着赔偿金快乐地旅行，

然后开开心心过个年，再去找工作。或许我会考虑男友的求婚也不一定呢！"

小姐姐安慰我说："我终于有时间安心陪娃了，终于可以下定决心在四十不惑的瞻前顾后、优柔寡断的年纪和朋友一起创业了。"为什么，那个被安慰的人，反而是我？

小伙伴和小姐姐，以及今天所有被优化的同事的眼泪，我们看不到；而并不是所有的眼泪，都有期许；也不是所有的悲伤过后，都看得到那一束光。

忍不住会想，如果今天因为各种原因走的人是我，回到家我会怎样面对小瓜？独自带小瓜的六年里，好像都没有敢真正喘息过：新老工作衔接不敢超过一周，字典里不敢有"gap 期"这个词，更不允许工作上有半点被动……

但如果今天走的那个人是我，有谁会在家等我？又有谁会张开双臂紧紧抱着我说"没事儿，有我呢"？我应该像什么也没发生过一样，龇牙咧嘴对着小瓜傻笑，看看小瓜的作业，然后哄他入睡，等小瓜睡着了偷偷掉几滴眼泪——天亮了，太阳出来了，又是崭新的一天。

很多时候很多事情，不是我们可以左右的，也不是单靠努力就可以解决的。而当你用尽浑身力气去挣扎却发现依然无力改变任何东西的时候，你的眼泪，你才知道除了你自己，没人在意；或许你还可以告诉自己，坏事儿变好事儿。

看着手机里满满的会议日程，想着明早走进公司，各个部门都要开始谈新一年的业务规划和指标了，鸡血满满，工作照旧；没有谁在意昨天发生了什么，没有谁知道接下来会发生什么。KPI 需要完成，工作需要迭代，能力需要升级，生活继续。

桂花的甜美香气刚刚散去，上海的梧桐叶就掉得稀稀拉拉了；北京的银杏还挂着它最美的那一抹色彩吧？

你来人间一趟，

你要看看银杏；

和喜欢的人一起，

走在路上……

心中有光，黑夜都明亮

　　算上周末带小瓜去看的现场，已经是第六遍看《放牛班的春天》了。小瓜跟着现场一遍遍哼唱着《Le Choix》，不知道为什么，歌词从孩子的口中吟唱出来的时候，我流下了感动的泪水。

　　　海面上的清风

　　　托起轻盈的飞鹭

　　　停落孤岛的礁岩处

　　　冬日转瞬即逝的气息

　　　你的喘息终于远去了

　　　融入群山深处

　　　在回旋的风中转向

　　　展开你的翅膀

　　　在灰色的晨曦中

　　　寻找通往彩虹的路

　　　揭开春之序幕

关于梦想

15 年前第一次看《放牛班的春天》，觉得这是一个关于梦想的故事。马修老师的梦想，是浇不灭的音乐热情：他长得不帅，也没背景，秃顶，职位是"辅导员"。孩子们的梦想，是他们在校长森严的管制下，就连自己也说不清的一种虚无缥缈的东西：是被认可、被挖掘的快乐？是被肯定、被重视的满足？

与其说音乐很神奇，把这些孩子和马修连在一起，不如说梦想很神奇，你说不清道不明，却可以让你心中有光，即使在最黑暗的地方，也始终明亮。音乐响起的时候，每个孩子都徜徉在自己的声部里，从心底，到面庞，再到喉咙，发出最独特最让人感动的声音。

其实他们大多时候都是在教室排练和演出的，没有家长，没有观众，只有他们自己。梦想是纯粹的，它关乎你自己的感受，你为之付出的努力与快乐，与别人无关。和校长急着表功去领勋章形成鲜明对比，马修带着孩子们享受音乐本身带给他们的欢愉，不为名利，不为表现，不为张扬。

马修选择用音乐带着孩子们往前走，在这条路上，他给予孩子们肯定与激励；孩子们的进步与成长，也让他找到了自己。尽管结尾是他离开了学校，尽管孩子们还要继续他们的生活、要继续在不尽如人意的现实中长大，尽管一切看似回到了"原点"，可因梦想而点燃的黑暗里的那一束光，会让生活无论处在怎样的境地，都始终明亮。

关于态度

校长是可悲的，他活在别人的世界里，抱怨自己的怀才不遇，在乎任何人对他的评价；初到学校的时候，马修也几乎是绝望的，那些校长眼里无可救药的孩子，成了他最好的伙伴，与其抱怨，与其踟蹰，不如踏踏实实地跟着自己的心，往前走。马修的生活态度，带给了他自己幸运，也带给了孩子们幸运。

你有没有曾经或者正在指望着别人给你带来美好的生活？之前遇到一个刚刚工作不久的同事，他说他每天都在为老板努力干活，周末完全瘫在床上什么也不做，他觉得现实让他特别没有生活；还遇到一位妈妈，她每天为了孩子忙得不亦乐乎，觉得没有自我，天天抱怨孩子让她失去了自己；还有一个姐妹，她觉得老公不够爱她，不够理解她，不够关心她，最后在大家的劝阻下离婚，然后后悔，之后过得更不好了。

如果是马修，他会怎样书写自己的生活？刚刚工作不久，换一种态度，不是为了老板，而是为了自己，未知的你在努力的过程中，定会收获积累与成长。下班路上听听自己感兴趣的在线课程，于是地铁不再那么拥挤。周末多出去和朋友聊聊，看看外面的世界，比瘫在床上更让人轻松愉悦；为孩子忙得不亦乐乎的妈妈，孩子在玩耍的时候，能否在一边和孩子一起读书？孩子睡了的时候，是不是去偷看一场电影？孩子去上幼儿园的时候，是不是也做一些工作，让自己不要脱离社会和自我的认可？觉得自己蓬头垢面，去健身啊，照镜子都嫌弃自己的人，怎么会快乐？抱怨老公不够爱她的姐妹，是不是可以先学会自己爱自己？当你疼爱自己、打理好自己的生活、把自己宠成公主的时候，你身边的人毋庸置疑也会认为你是公主——还记得那所灯火通明的屋子吗？总是先照亮自己，然后才可以温暖别人。

关于孩子

这次和小瓜一起看音乐剧《放牛班的春天》，听小瓜在身边不由自主地随着旋律和台上的孩子们一起歌唱，他边唱边开心地紧紧抓住我的手，我觉得这世上没有什么比做妈妈更幸福的了。

孩子是天使，你对他的爱，无论是通过表情、神态，还是通过语言、动作，他都能精准地感受到。马修信任的眼神、肯定的话语，给了原本叛逆的孩子们爱与安全感，让孩子们可以安静下来，去倾听内心的声音，去相信自己可以用音乐抒发情感。孩子是最诚实的，他感受到你的爱，就会用他全部的爱来回馈你。

对孩子，我们是不是在他们焦躁不安的时候，信任他们，鼓励他们，肯定他们；我们是不是在他们表现得不尽如人意的时候，弯下腰，用温柔的眼神与他们对视，告诉他们"你可以"；我们是不是在他们不小心做错事情并且懊悔的时候，什么也不说，给予他们一个温暖的拥抱？

看完音乐剧，小瓜开心地去做电路实验，他做了一个"妈妈爱他的方式"的选择器，在五个选项里，选择了三种妈妈爱他的方式，用电路连起来，分别是拥抱、说"我爱你"、有仪式感地送礼物。

我抱着小瓜送我的"妈妈爱我"的选择器电路板，和小瓜一起，蹦蹦跳跳地走在了回家的路上，耳边回响着《放牛班的春天》里那首《风筝》的旋律……

空中飞舞的风筝

请你别停下

飞往大海

飘向高空

一个孩子在望着你哪

率性的旅行

醉人的回旋

纯真的爱啊

循着你的轨迹

飞翔

空中飞舞的风筝

请你别停下

飞过大海

飘向高空

一个孩子在望着你哪

在暴风雨中

你高扬着翅膀

别忘了回来

回到我身边

 ## 30多岁，保持折腾，保持欢喜

研究生的室友要从深圳搬回上海。我们听了都很震惊：爱她的老公和可爱的女儿都在深圳，怎么就要回上海了呢？她说她从离开上海就没开心过，原本以为为了爱情，会上演"从你的全世界路过"的轰轰烈烈，会爱上一座完全陌生的城市，结果生活依旧是柴米油盐，自己依旧不是自己。你的梦想、你的热爱，和这座城没有丝毫的关联。她说这么多年在"想回又不敢回"的踌躇中徘徊，就是那句"30多了折腾不起了"在牵绊着她。

还有个好友，在澳洲三年了，最近在徘徊去留。留在澳洲，貌似不需要在中年危机的警告下苟且生活，可也不知道怎么才可以更好地实现自己的价值，并且父母年龄大了，身体也不好；回到上海，貌似以前搭好的乐高都不适配了，需要推倒重新开始，问题是，30多岁的女人，该怎么推倒了重新开始，在这虎视眈眈的危机里？

我们是不是还可以重新开始？

如果还有选择还有退路，多数答案肯定是"不可以"。但"不可以"并不意味着我们可以容忍自己去苟且我们也许并不那么满意的每一天。

今天遇到了一个销售的同事，身上背着很大的业绩压力，我问他都一把年纪了会不会喘不过气来，他说："不会啊，我只是想要提升而已，就是踏踏实实地干、踏踏实实地提升，先不管别的。"感觉《绿皮书》里的托尼活生生印在了自己眼前："无论你做什么，百分之百地做，工作就工作，笑就笑。"

有没有觉得30多岁的年纪，说自己要"踏踏实实提升"的同伴已经很少了，我们身边大多听到的声音都是：我都这个岁数了，我折腾不起了，也不想折腾了，我干不动了，我只想安安稳稳地过一天算一天。

我时常在想，读书读了那么久，刚刚工作几年，怎么就进入了上有老下有小的"不想再折腾"的年纪？人生那么长，我们要在"不折腾"的幻象里活活苟且40年，还是50年？我们表面的"平静"，内心多半是不是不安的？

所谓的"不安"，是不是就是我们不敢面对又必须面对的"中年危机"？所以这个"危机"并不是"中年"带给我们的，而是我们带给自己的。如果人到中年的我们都像我同事那样，每天都想着怎么提升、怎么更好地深度挖掘客户、怎么更好地踏实向前，哪还有多余的思虑去想危机？

越是想要的，越是得不到。比如，你想要安安稳稳，但是你又懒得折腾，那么你安安稳稳的资本在哪里？比如，你想要享受生活，觉得30多岁了不该再那么拼了，那么你享受生活的资本在哪里？比如，你想要身心自由，觉得不想再看老板脸色被局限被埋没被压制，那么经济自由都无法实现的你，哪里来的所谓真正的自由？其实你焦虑的一切，都是你想要却又不愿去为之所向披靡的一切。

记不记得读书时候的大考前，我们都特别焦虑？焦虑题多么难，焦虑通过率多么低，焦虑自己根本复习不完？结果我们真的开始复习准备考试了，就没人开始焦虑了，时间有规律地跳动着，我们的世界里只有全力以赴。

记不记得你要写一个方案或者规划的时候，你焦虑了整整一个周末，就是不知道怎么写，然后你在 deadline 前不得不写的时候终于开始写了，中间遇到什么问题就去解决什么问题，该熬夜就熬夜，你真的很迅速地完成了。

焦虑是在焦虑中产生的，你越是不想折腾，你就越会发现自己根本没有不再折腾的资本。

30 多岁怎么了？30 多岁我们仍然是个孩子，对世界保持好奇；30 多岁我们仍然是个新人，对挑战保持冲动；30 多岁我们仍然是个战士，对奋斗保持热情；30 多岁，是生活赐予我们的最好的年纪。

更何况 30 多岁的路上，像个孩子一样去奋斗的过程，是远比 20 多岁时要甜美的，因为我们更清楚我们想要什么，我们更了解自己，我们更懂得珍惜。

在这春暖花开的时节写下这些文字，一切都被温暖着。

周末出差，飞机晚点，预约的车被取消，在萧山机场雷雨后的凌晨，突然想起要打开小瓜临睡前发我的视频，是他自己背诵的希梅内斯的《四月》，他说心里开出玫瑰的感觉，就是想妈妈的感觉。

出差回到北京，半夜 2 点多到家，家门口没有路灯，刚掏出钥匙要去摸着黑儿开单元门，一束光照了过来——是司机师傅。一个路人，在这漆黑的夜，把光照进我心里。

奋斗折腾的点滴，其实没有那么糟糕；踏踏实实往前走的路上，身体虽疲惫，心灵却释怀。

四月，30 多岁的我们，都在被爱融化。

PS：小瓜背诵的那首希梅内斯的《四月》，分享给你们。

黄雀立在白杨上。还有呢？
白杨镶在蓝天上。还有呢？
蓝天映在水珠上。还有呢？
水珠落在新芽上。还有呢？

新芽长在玫瑰上。还有呢？
玫瑰开在我心上。还有呢？
我心就在你心上。

 但凡过往，皆为序章

朋友圈都在立 flag，统计了 50 个 flag，发现第一名是"绝对不熬夜了"。很好，自以为年轻可以无限透支或者糟蹋健康的我们，终于知道健康的重要性了。

记得前公司一个很有心的 UI 小姐姐，每天都会默默做一张皮肤，写着已经过了几天、伸手是星辰大海之类的小清新话语，陪伴大家每一天的工作，那时候觉得去年过得好慢，可转眼今年都要结束了。

时间以它毫不留情的精确性，记录了我们不可能再重新来过的分分秒秒。

一位好友 (也是一位 30 岁 + 的妈妈) 辞去了广告公司

的职位,和朋友一起创业,来了一场时光旅行,把小辰光的记忆做成了各种场景、谱成了各种歌曲、全国巡展、沸沸扬扬。巡展结束以后终于在今天实现自驾去顺德吃到爽翻的新年梦想。

一位同事(还是一位 30 岁 + 的妈妈)决定走出舒适圈,换了一份更有挑战性的工作,经常加班,越发觉得亏欠女儿,却在深夜走进家门被女儿的一个深情的吻瞬间融化。

一位闺密(又是一位 30 岁 + 的妈妈)辞去了高薪的职务,在家生了二胎,成了儿女双全的全职妈妈,每天累到腿抽筋,微信也不常发了,从朋友圈销声匿迹,却累得不亦乐乎,她说这才是她的人生。

一位朋友在加了两年的班平均每天工作 16 小时却升职无望的情况下,辞去了工作,拿下了牌照,一边收基金管理费,一边移民澳洲去享受牛马羊的广袤生活了。

一位学长,破釜沉舟,为了自己奉献了七年的公司和客户,耐着性子用了一整年时间交接工作,终于开启了新的征程。

　　一位导师，今年推掉了国家自然基金课题、给企业家上课的各种机会，安安静静躲在办公室，写了两本书。他说，现在没人写书了，我要在退休前，多给我的孩子留下些系统性的东西。

　　一位长辈，把评高职的机会让给了下属，自己提前退休了，她说她不是高尚，而是觉得生活除了工作还有太多要做的事情，她退休后的时间表是这样的：周一照顾孙子，周二去舞蹈学院和帅哥老师学跳舞，周三姐妹聚会，周四去看父母，周五至周日和还未退休的老公短途旅行、过二人世界。

　　一位学弟，做了 298 份在线笔试，参加了 102 场面试，体验了 4 份 947(947= 朝九晚凌晨四，一周七天) 的实习，最后只拿到了自己不那么向往的一个 offer，却接受了这份不太尽如人意的安排，然后告诉自己：这不是终点，只是个起点，我有信心把它走好。

　　一位学妹，和谈了 10 年的恋人分手，孤身一人去了美国。为一份爱情逝去青春，她却淡淡笑着，说谁也毁不了自己，能毁了自己的，只有自己。那笑容，仿佛四月最和煦的风……

一位同事，从不抱怨在北京或者上海买不起房，离开雾霾，和老公去大理了，在那里做扶贫农产品，买了座面朝大海春暖花开的大房子。

一位挚友，原谅了他的妈妈，走出了 30 年来一直困住他的泥潭，他说："不论曾经发生过什么，我爱我妈，因为她是我妈。"

2019 年，我失去了两位朋友，一位是 35 岁却脑出血的有为青年，一位是 34 岁坐拥千万资产却因为和老公闹矛盾而自杀的学霸。生命那么强大，生命那么脆弱。

小瓜说，他今年最开心的事情是把姥姥买来给妈妈炖汤的老母鸡留下来养在了家里的小院儿，成为他的宠物。现在，深冬的小院儿俨然是个动物园，麻雀、鸽子、喜鹊每天都来吃老母鸡的苞谷，小野猫在小瓜的树屋里安了家，北京那么冷，它们很温暖。

我的 2018 年，是用言语无法描绘的低谷，就好比在欢乐谷坐过山车面朝下、脸要贴在地上蹭得稀巴烂的那个瞬间的无限循环。可它是我的过往，不回避不否认，不遗憾不气馁。是啊，没有什么人什么事什么苦难有任何资格毁

灭你，能毁灭你的，只有你自己那颗假装强大的心。

可是，我们该学会淡忘。

记忆力好是件有点幸福也有点痛苦的事儿，我们总会抓住一个又一个细节，久久无法放过自己；我们想啊想啊，营造出一个生动的情节，在这个情节里，我们是受害者，一切苦难都与我们作对，让我们窒息——回头想想，让自己窒息的只有自己，不是吗？很多事儿，你怎么想，它就会变成什么样子，索性走出来、去淡忘，去放过那些你执着过的，更放过你自己。

但凡过往，皆为序章。

愿新的一年，平安、健康、喜乐。

 ## 34 岁，要放得下，过得好

生死一线的时候，你在想什么？没有完成的报告？没交接完的工作？没有参加的会议？没有和孩子去体验的亲子秀？没有带父母去海边晒太阳？没有涨回来的股票？没有环游世界？没有爱自己的人陪伴的遗憾？

生死一线的时候，我的脑海里只想着一件事儿：我好像还没有真正对自己好过，好像还没有真正像自己承诺自己的那样去爱过自己、放下自己。

第一个故事

七年前，我的好友去大理旅行，励志要脱单。然后她真的与一个阳光帅气的大男孩儿邂逅，异地四年，最终走向婚姻殿堂。

我问她是什么让他们一直坚持，她说，一个在北京、一个全国跑的他们，都有着一个共同的愿望：不论这世界多繁杂，不论周围的朋友实现了怎样一个又一个小目标，他俩都始终坚定按照自己的方式生活，那就是——在他们相遇的美丽大理，买一个属于他俩的小房子，建造一个属于他俩的小家，轰轰烈烈奋斗青春、不枉青春之后，安居在大理。

我问自己：换作是你，你放得下吗？大理没有你每个月的高薪收入，没有小瓜现在所谓更优越的教育条件……你放得下吗？也许我会回答，如果不考虑小瓜，我做得到；可谁都知道，孩子也许只是我们在做决定时的一个借口。

放不下就是放不下，我们只是打着为了孩子的幌子，让我们的选择显得更高尚罢了。

第二个故事

本科时最要好的闺密，毕业后回了家乡，记得送她去机场的时候，她很不情愿，很不舍得，她说不知道回去了会经历自己怎样适应不了的生活，不知道下次再回来是什么时候。

日子过去了 10 年，她有了一个疼她宠她的老公，有了两个可爱的孩子，还有了一份已经做了 10 年的稳定又收入不错的工作。

这次在家乡见面，看到她比 10 年前毕业的时候还要美丽，还要楚楚动人。一个女人幸不幸福，看看她的容貌便可知晓。

我问自己：换作是你，你放得下吗？家乡有许久见不到面的亲人，有多年不联络的同学，有可以帮助我们逃避现实的更轻松的生活，有梦里常会见到的广袤土地、浩瀚星辰，可是你回得去吗？也许我会回答，不考虑小瓜的成长教育问题，我做得到，可谁都知道小瓜只是借口。

我们再也退不回去的，是故乡。

第三个故事

《延禧攻略》里的魏璎珞，从最开始入宫要为死去的姐姐报仇，到做了皇上的贵人要为皇后报仇，却不知，成就她一生的，正是这一个又一个灰暗的使命，这些使命却让她越来越阳光、越来越强大，最终放下了心里的包袱，陪伴皇帝也陪伴自己走过风雨迎来彩虹。

善良坚持又强大聪慧的她，谁会不爱呢？

我问自己：换作是你，你放得下吗？对于伤害过自己的人和事，嘴上说放下了，心里却一直挥之不去隐隐作痛。这些痛带给你的潜移默化的影响，说不定什么时候就会掉链子，让你回不去，又出不来。

真正的放下，是自己宽容自己，善待自己；然后你会由衷地宽容他人，善待他人，没有什么比快乐并轻松地活着更让人欣慰的了。

青春真就这么蹉跎地向前奔跑着，不论你有多大能耐，不论你快乐或者不快乐、轻松或者艰难，它都这么奔跑着。

眼前你正焦虑的工作，眼前你正犹豫未决的前途，眼前你正抓狂的孩子，眼前你还没有遇到爱情时一个人疼爱自己的快乐的孤独。

眼前你从一朵散发着芳香的栀子花，看到了闪闪发光的天堂所流露出的纯净笑容；眼前你去不了夏威夷，却仍可以躺在北戴河扎满酒瓶子的沙滩上感受星辰大海的洒脱豁达。

眼前你被地铁的人流弹出来又挤进去，豆粒大的汗珠浸透整件白色衬衫；眼前你不论是孤独地在这桑拿天给自己打一杯乳木果奶昔，还是和孩子卷成一团营造欢笑翻滚的战场。

眼前你觉得这世界都辜负了你，而你却还是拥有着不死心、不放弃的虔诚与坚持；眼前你虽正受到伤害而你在用尽全力去放下、去挣脱、去原谅、去止损、去灿烂地笑着……

所谓真诚，是属于自己的，就好像你无论想对别人有多好，你首先要善待的，是你自己；所谓浮华，是属于别人的，就好像天边那么遥远，你可以珍惜的，只有眼前。

 我不要在沉默中爆发，也不要在沉默中灭亡

几年前的同事，世界前十牛校的本科 + 硕士，有一份压力不大的稳定工作，有个爱自己的踏实老公，有个出生刚满三个月的可爱宝宝，有优渥的家境，有疼爱自己的父母，有条憨态可掬的大狗狗——可是，前天，她用最残忍的方式，彻彻底底离开了我们，离开了这个世界。

　　道听途说是产后抑郁，担心休完产假没有人带孩子。最后一条朋友圈更新于 5 月 13 日，全家去公园郊游。她的朋友圈，除了美食，就是旅行。

　　记得刚刚生完小瓜不到三个月上班，身为游泳健将的她带着我每天中午趁着午休去游泳，因此我产后身材恢复得极快。她爱生活、爱游泳、爱跆拳道、爱美食、爱旅行，而且她是我们周围在我看来唯一善待自己的姑娘：几乎不熬夜，健康饮食，每天坚持运动，不给自己太大压力（那时候还没有"佛系"这个词）。可是一直善待自己的她，却彻底丢下三个月大的孩子和一直在身边照顾自己的妈妈。

　　如果真担心没人带孩子，解决办法很多啊：不缺钱可以请个好保姆，妈妈和保姆一起带；和老公做好分工，一起带孩子；最差最差，像很多全职妈妈那样，先辞职带孩子，等孩子上幼儿园了再继续上班……但我们不是当事人，"产后抑郁"也远远没有我们想象中的那么简单。

　　之前有同事说她产后抑郁很严重，她觉得整个世界都是灰暗的，每天痛苦不已，看到孩子需要吃奶才强忍着回到现实。可是老公却一直觉得她很作很无聊，婆婆觉得她无事生非，好好的生活不过，非要没事找事。

记得小瓜从出生到 2 岁之前，一边上班一边夜里喂奶带娃的我有两年多都没有睡过一个整觉，脸上长满黑斑，40 摄氏度的天气挤个地铁上班都能晕倒。那时候上下班路上会偷偷地莫名地流眼泪，时常烦躁不安觉得世界都在和自己作对，遇到一点事儿就会觉得天塌下来了。无数个失眠的夜，现在想想估计也是抑郁的表现吧。

之前看到报道说，不光是 25% 产后的妈妈患有抑郁症，还有 13% 的爸爸也会患产后抑郁。对于新妈妈来说，刀口疼痛、喂奶困难、孩子哭闹、休息不好、重新回到工作岗位的各种压力，会让她们抑郁难耐，从失眠，到轻生；而对于新爸爸来说，面对一个生命到来的各种不确定与恐惧，对未来经济和家庭生活的担忧，对妻子以及家庭角色的变化，让他们不知不觉就患上了抑郁症，并且更难被察觉、被关注。

轻生，一定是一念之间的事儿。如果那个时候，温暖的丈夫在身边紧紧搂着她，告诉她孩子会很快长大，他会陪着她、陪着孩子一起成长，他们一家子还有很多路要一起走，有很多风景要一起感受，我深信，她一定舍不得离开。

可能有的时候，连你自己都很讨厌自己的模样，于是你憋着，为了立志不做祥林嫂，装出一副你很好的样子，那么，可能就算是你最亲近的人，都很难真的以为你抑郁了。尽管爱你，却无法更设身处地为你着想。所以你要懂得求助，跟你最亲近的人求助，耐心平静地告诉他们你的感受，让他们知道现在的你确实需要帮助。

即便在那个时候身边没有依靠、没有人理解关心你，你也要用自己的方式，把这种痛苦发泄出去，哪怕就是一会儿；明天还有明天的痛苦，明天的痛苦可以明天再说。至少今天，你可以做到不积聚你的痛苦。

孩子你少带一晚上怎么了？少吃一顿奶怎么了？偶尔想放风，那就去放风；想暴饮暴食，那就暴饮暴食；想看恐怖片，那就别吝啬；想和朋友聚聚，那就暂时忘了自己是个新妈妈／新爸爸；想找人倾诉，那就别再顾及你所谓的形象；不想加班，那就告诉你的老板你今天实在加不了班了——总之，尽你所能，把当时当下正在冲击你的负面情绪发泄出去。

发泄出去、清空自己之后，再去转移注意力，想想孩子，想想爱你的人，想想美好的事物，然后该干吗干吗，继续生活。

那种不在沉默中爆发，就在沉默中灭亡的人，不是你。

愿逝者安息，愿她的孩子依旧拥有阳光般的人生。

 当你再次直面现实的时候，它仍旧很美

有没有想过，你为什么会感恩一份工作？因为这份工作是你苦心经营的事业？因为这份工作是你梦开始的地方？因为这份工作是你养家糊口的保障？因为这份工作的高薪让你实现了财务自由？因为这份工作让你成长了？

一位朋友，说她最感恩毕业以后的第一份工作，因为在那里，她遇见了她现在的老公。在她的心里，老公就是完美的：每个月她会做好家庭资产负债表让老公审阅；每周都会开一个家庭资产配置会，调整家庭资产配置比例与结构；遇到任何问题，两个人一起想办法，然后一起品尝问题解决后的快乐；在彼此眼中，对方最美。在人人都吼着车子房子的年代，真正让人感动的，还是那相濡以沫的简单爱情。

一位师长，说她最最感恩她现在苦心经营的工作，这是属于她和她老公的事业。即使在需要一个人带孩子的最绝望的境地，她毅然放弃外企高管的职位，在面团和黄油的甜蜜反应里，找到了自己的方向，她觉得生活有了更丰富的含义。

一位同学，说她最感恩的是工作带给她的磨砺。一次次失败，一次次站起来，一次次否定自己，一次次找回自己，然后发现这份工作不适合自己。从光鲜亮丽的聚光灯下，到冲浪板上那个飒爽的精灵，她找到了内心的平衡点。

一位同事，说工作带给她的，是看清赤裸现实以后，仍面带着微笑迎接崭新的工作，只为每天下班后给她的宝宝一个甜甜的吻。

让我感恩的，是工作中的成长与释怀。好些日子没有写些什么了，因为一直在一份倾注了几乎所有时间和精力并需要靠它去养家糊口的工作中，被老板一次又一次刷新着三观，也让我意识到，很多事情尽力就好，很多你看不到的背后，是你无法左右并改变的事实，这事实无关乎努力、正义、目标、公正，终究是胳膊拧不过大腿的无奈罢了。

　　如果说很多事儿你无论再怎么努力也无法使它变得更好，那么就绕开它，干吗要让自己头破血流？把你的注意力放在更多你认为有意义的事儿上，这个"有意义"是你自己定义的，不掺杂任何世俗的东西；这个"有意义"不是逃避现实、钻进象牙塔；这个"有意义"，是你越是在艰难的时刻，越是告诉自己不可以丢了自己——然后你闭上眼睛，发现当你再次直面现实的时候，现实仍旧很美。

 你的味道，让我迷恋

　　你的脑子里，装着什么味道呢？

　　孩子身上甜蜜阳光的奶香味？恋人身上稚气未脱的男人香？丈夫肩膀上汗腥与烟的混合味？家门口飘散出的妈妈炖的小鱼香味？割草机刚刚割完小区草地的青草香？雨水浸润整个空气的泥土香？下班路上飘来的马路两旁的花香？再忙碌也会在上班间隙品一杯咖啡的醇香？你挚爱的一款香水的女人香？想到了一些味道，我们也许还经历着与它的别离。

还记得《真爱至上》的开篇，人们在机场告别、拥吻、流泪、欢呼。

还记得 16 岁就离开家独自去外地读高中的我，迄今为止经历了无数次别离与重逢——思念远在家乡的父母，思念曾经常年异地却坚定地久天长的爱人，做了母亲，又开始思念整天在你身边叽叽喳喳的孩子……

我以为，我早可以习惯别离，习惯忘却一些味道，习惯把孤独当作一种习惯。但恰恰相反，你以为你所习惯的东西，其实是你忘不了也放不下的东西。已经习惯每天被小瓜缠着讲一个"很特别很特别很特别"的故事，已经习惯依偎在父母身边做个孩子，习惯家人围在一起的味道。

我们一次又一次分离，是为了一次又一次相聚。

之前小瓜问我："妈妈，我今天可以不去上幼儿园吗？"我回复："可以呀，你的假期开始啦！"于是，当我和留在家乡过暑假的小瓜分离的时候，小瓜竟然说："妈妈你也留下来过暑假吧，现在的生活很好呀，有冰激凌，有玩具，有巧克力，有糖果，不需要更好啦，所以我同意你不上班了！"

孩子的世界总是这样单纯，孩子不理解什么叫作分离，不理解在他们看来的快乐生活，为何大人们要去用分离平添烦恼。

选择一种生活，无所谓好坏，但它真的就是一种选择，是一种生活，是一种你也许需要去面对你躲不掉的别离、期待你心心念念的相聚的生活，然后再一次别离、相聚。

这是一种与自己熟悉味道的别离，是一种为了找回这种味道而独自往前走的生活的历练——然而，相聚的那一刻，一切都值得……周而复始。

我们一次又一次短暂的分离，是为了一次又一次更好的相聚。

第二章

温柔是最坚定的力量

那种无力的、盼望的、期待的、破灭的感觉,让人窒息。是沉沦,还是横冲直撞?温柔是你看不见的强大力量,使你与自己和解,与世界和解。

 绿皮书

从《绿皮书》里，我看到了满满的矛盾、满满的冲突，满满的努力与和解的挣扎中，是那满满的温暖与感动。

退不出去也走不进来的，是雪利博士的矛盾。

他退不回黑人的圈子，也走不进白人的世界。钢琴与舞台，成了黑白世界的分割线，这两个世界是平行的，没有交点。

他就这样如走钢丝般，在这分割线上挣扎着：低头，跳动指尖，光芒闪烁；抬头，走下舞台，深渊万丈。

他是黑人，在舞台上、钢琴前，他是受人尊敬的伟大的艺术家，白人通过聆听他的音乐，让自己显得高雅。在台下、钢琴外，他只有一个角色——黑人，与任何黑人的待遇没有任何区别：洗手间只能使用院子里的破木板房，

不可以在他演奏的餐厅就餐，不允许住白人住的大部分酒店，不允许使用正常的化妆间，不允许出现在某些道路上，心仪的西装都没有资格去试穿……

他的同胞不接受他，其实是因为他不接受他的同胞，他深信从小努力又尊贵的他，是有别于任何一个他的同胞的——他看不起也无法融入他的同胞。

他知道白人并不接受他，无论自己如何努力，只要走下舞台，在白人看来，他的称谓只是"黑人"；他从北方一路演出到南方，也只是为了戴着镣铐在某种程度上去影响人们的观念，他改变不了什么。

恰恰相反，托尼生活在世界的底层，尽管他是白人。他毫无隐私空间地和一大家人生活在一起，需要养家糊口，他有爱他的妻子和孩子，他很快乐：吃肯德基一定要吮着手指大快朵颐，开心就听音乐，思念就写信。为了赚钱可以怀着最平和的心态给雪利博士开车，因为博士的才华和人格而深深敬佩他欣赏他为他打抱不平——他的世界很简单。

雪利博士生活在对黑人来说"to be or not to be"的时代，

所以他只能斗争，他的优秀与高贵，让他有本能的使命感去改变，于是他矛盾，他分裂，因为他知道他放不下的努力，只是沧海一粟。

很多时候的矛盾，是因为我们太想改变，太想证明，太不愿妥协。

还记得雪利博士最开怀的时刻吗？在他拒绝了最后一场伯明翰圣诞演出之后走进的那个黑人橘鸟酒吧，他穿着礼服，在肯定不是斯坦威的、放着一杯他最爱的威士忌的木钢琴前，和他的同胞尽情地在音乐里跳跃。或许是托尼给了他可以不那么坚持、不那么委曲求全、不那么矛盾的勇气——想弹琴就弹琴，想用手吃鸡就用手吃鸡，想跳舞就跳舞，想笑就笑。

哪儿有那么多使命感？哪儿有那么残酷的不得不？哪儿有那么多不可逾越的不得已？当胳膊拧不过大腿的时候，即使你在雪利博士尊贵的条条框框中坚守，胳膊仍旧拧不过大腿。倒不如保全自己，细水长流。

或者像托尼那样：我没有那么尊贵，因此我无须为了尊贵委曲求全；我热爱高雅的音乐，但我也不会因此而放弃我挚爱的小理查德；我虽然缺钱，但我已经满足于125美元一周的薪水，我不奢求超额收益；我虽然敬仰博士，但我不卑不亢，取其精华、去其糟粕；我不管你是谁，可我一直记着我父亲告诉我的："无论你做什么，百分之百地做，工作就工作，笑就笑，吃饭的时候要像最后一顿。"

至少，我是我自己。

我好像跑题了，把一部讲种族歧视的诙谐而又压抑的好电影，写成了简简单单的矛盾与和解，和解到让我们感动，让我们温暖。

脑海里出现了托尼给妻子在这场旅行最后一站的那封信的内容：

我亲爱的德洛芮丝：

我看到一座房子，里面充满了明亮温暖的光，有我最爱的人们。

被温柔浇灌的你，格外美丽

有时在想，什么是真正的强大？比如，你正在经历着或者经历了苦难，你顽强不息？比如，你正面对或者面对了你无法承受的挑战，你咬牙坚持？比如，你的内心告诉你，坦途中的你要不断挑战突破自己？

《人世间》中殷桃饰演的郑娟，让我看到了女人强大的力量——没有轰轰烈烈，不是飞蛾扑火。这种力量轻盈、笃定，却持久而悠长。

强大，是涓涓流水生生不息，浇灌着她爱的人。

郑娟是一个给点阳光就灿烂的女人。日子再苦，她也看得到希望。大多女人不可避免的虚荣心在她身上看不到半点影子，孩子、丈夫、房子……她都不会去比较。她沉浸在丈夫为他建造的小世界里，从不跟秉坤（她的丈夫）大声说话，她温柔的声音让人听得心都融化了。有分歧？她会找到适合的场合跟秉坤沟通，如果不奏效，她会继续尊重自己丈夫的选择，并无条件支持他，因为她知道，他最终会找到自己的路。在她的"不管你做什么我都支持"的无限包容与"不管你说什么我都相信"的无条件信任里，秉坤也在慢慢长大。这个爱他的女人，让他在他哥哥姐姐优秀笼罩的些许自卑中，看到了他的光芒。

强大，是润物细无声的温存，柔软着她爱的人。

秉坤的妈脑出血瘫痪昏迷，郑娟作为未婚的单亲妈妈，在尚无名分不被秉坤家人认可、无法和秉坤在一起的情况下，日复一日地在秉坤"文革"入狱期间带着自己年幼的孩子和失明的弟弟照顾不省人事的未来的婆婆，每天顶着邻居的闲言碎语给婆婆按摩、擦洗、陪伴，也因此而双手变形、腰酸背痛，她就这样默默用她的行动迎来了婆婆的苏醒，等到了秉坤的归来，得到了全家人的尊敬与接纳。她只在乎秉坤对她的态度和评价，在她的世界里，秉坤是天，不论身处怎样的境地，她都会坚守。

强大，是对生活的无限感恩与满足，美好着整个世界。

剧中的女人们，唯有郑娟是一缕清泉，从不抱怨，秉坤都觉得她委屈她辛苦甚至不值得，她却淡然地说"我觉得现在挺好的"，就是这句"挺好的"，给了秉坤和孩子们积极面对生活的动力。相反，那些无休止抱怨丈夫无能的女人，为何不审视自己是不是做到了自己该做的？"己所不欲，勿施于人。"作为妻子，作为母亲，你自己的欲望，强加在丈夫身上，强加在孩子身上，是一件多么可悲的事儿！与世无争的郑娟，得到的，是在她看来的圆满；她笑起来的酒窝，仿佛灿烂的小太阳，照亮了整个屋子和屋子里的人。

强大，是温柔话语下坚定的心，让整个家晴朗起来。

郑娟骨子里是有主意的，是硬气的，是不服输的，可她说话总是轻声细语，听她的声音，仿佛四月的风和煦地拂在脸上。温柔，是神赋予女性最美好的礼物。我黏着你，我依赖着你，我却同时在用我的全部支撑着你。你累了，我的肩膀随时让你依靠，无期限。温柔外表下的强大内心，格外可爱。

固然不是谁都可以像谷爱凌那样被载入史册，精英教育的成长环境和强大的内驱力使她不断挑战极限，挑战最好的自己。可是，生活带来的真正考验，或许不是你想要的样子，又或许不如你所期待的那样，你是不是还可以无所顾忌地继续往前走，在日积月累的不如意或者日复一日的一成不变中，去接受，去体验，去寻求突破与改变——改变的是那个因改变而变得更接纳自己、接纳世界的你；改变的是因为有你在，你爱的人什么都不怕；改变的是因为有你在，你身边的人都觉得生活多了更多憧憬与期待。

小瓜这周的文史课展示作业主题是：家天下，国天下。小瓜说："我要先爱我自己，再爱世界，然后去帮助更多的人。"是啊，所谓行善举、存善念，不正是让自己先成为那座灯火通明的小屋，然后来温暖整个世界吗？

顺境与苦难，实际上都不是我们选择的结果；既然没有选择，那就温柔而坚定地往前走，走着走着，豁然开朗。而在这条没有退路的路上，无限强大的你，正温柔地对待自己，温柔地对待你爱的人，温柔地对待世界——你会发现，任何结果，都是最好的结果。还记得席琳·迪翁在一次访谈中对 13 岁的小男孩说："如果你一定要我给你忠告，那就是不要执着于你的梦想，请坚持并勇敢地做你自己；因为梦想会有很多，如果你的梦想没有实现，意味着这将是另一件事的开始。"于梦想，泰然处之；于自己，坚定不移。

阴雨绵绵的上海，终于晴朗起来。阳光下，万物复苏。想象着路边掉光了树叶的法国梧桐，泥土之下，树根正汲取着大自然的能量，蓄势待发。又是一年郁郁葱葱的新绿，又是一片光影斑驳的生机盎然。

 是信念吧

上周末，和小瓜一起去看了一部儿童剧，叫作《带我飞，去月球》。

塔拉喜欢爷爷给他讲一切关于月球的故事：月球是奶酪做的，里面有鸵鸟和老鼠、苏联人和美国人在征战地盘。塔拉幸福童年的一切都是爷爷给予的。

有一天爷爷突然"消失"了，在爸爸忙着接待一大群"黑衣人"的那天，塔拉知道，爷爷其实是被他养的六只鹅带到月球去了。可是爷爷似乎忘记了他的氧气瓶。

于是塔拉决定，去月球找爷爷，去月球给爷爷送氧气瓶。

她从爷爷的农场抱回六只鹅蛋，把它们孵化成小鹅，然后在家里的楼顶上开始训练小鹅们，日复一日，教会它们排队列，教会它们飞翔。

终于有一天，一切准备就绪，塔拉坐在被六只小鹅带着飞起来的箱子里，抱着爷爷的氧气瓶，飞向了月球。可是半途中，塔拉和她的氧气瓶太重了，小鹅们拼尽全力，可绳子断了，塔拉掉了下去，受了伤。

伤好后的一天，爸爸叫塔拉来到窗边，举起爸爸偷偷贴了爷爷和他的大鹅剪影的望远镜，塔拉对着月亮的方向望去，她看到了爷爷和他的大鹅们，开心地飞舞，她也开心极了。不久(在爸爸的偷偷努力下)，塔拉又收到了她的小鹅从"月球"给她带回来的"爷爷的信"，爷爷说他在月球有很重要的使命，不回来了，但他会一直看着塔拉，陪伴她，爱着她……

多年后，塔拉长大了，她知道其实爷爷不在月球上，但她也知道，因为爷爷的爱，她执着、乐观；为了爱而付出的努力，使她坚定、充满力量。

时光回到了我的儿时，爷爷安安静静地躺在那里，我问妈妈："爷爷还会看到我吗？"妈妈说："爷爷会的，会在天堂上天天看着他最爱的你。"也是这份信念，让我心向阳光地长到现在，长成现在不论经历什么都乐呵呵的我。

于是我在想，这世上，到底什么最重要？

我得了一次普通的细菌性肺炎，两个月都没康复，于是被医生要求住院彻查。今早肺穿刺的时候，医生总是找不好位置，因为右下肺的阴影位置距离腹膜和肝脏都太近。我被一次次推进 CT 室拍摄，又被一次次推出来开始尝试从背部最合适的位置刺入取标本，直到四针下去，手术才结束。下手术床的那瞬，我两眼发黑，耳朵鸣响，四肢冰凉，腰部剧痛。

妈妈站在身边，握紧我的手，掉眼泪。其实我也没那么强大，在 CT 机上就在偷偷掉眼泪了，只是医生不让我动，也不让我发出声音，以防穿刺到肝脏。我憋着眼泪，轻柔地呼吸，我在幻想自己还是个孩子，爷爷用他的胡子一边扎我，一边夸一年级语文考试只得了 60 分的我有多了不起，竟然都会了一大半。

于是我在想，这世上，到底什么最重要？

当我闭上眼睛时，我想着在不同的时空里，爷爷正抚摸着我的头，笑嘻嘻地给我无限力量；当我睁开眼睛时，我看到妈妈被口罩遮住的强忍的笑容，她温柔地告诉我就在我身边；当我拿起电话时，小瓜告诉我他今天课间去喂了校园里的羊驼和小马；当我打开微信时，挚友告诉我"别那么累，扛不住了我就在你身边"……我仿佛坐在一大片绿油油的草坪上，指间是彩虹色的小花，头顶是一棵郁郁葱葱的大树，树荫下，泥土和草坪的味道融进心里，阳光正好。

于是我在想，这世上，到底什么最重要？

大概是爱，是信念吧……

 ## 我在字里行间，给了自己温柔

这些日子，我们对数据似乎已经渐渐麻木，只有在去上班的车上，会不经意间捏一捏鼻梁，确保口罩是严实的。今天听闻一位同事家人的不幸遭遇：她的嫂子一家除了小孩子之外都感染了肺炎，外公今天在医院去世了，身边没有家人；她的嫂子由于是轻症，只能在家里一个小房间隔离，10岁的孩子自己在家里照顾自己和感染的妈妈，没有充足的口罩。

同事的哥哥在武汉封城之后进不去了，眼看着妻子被感染、岳父过世、儿子随时有被感染的风险，而自己却回不去的时候，却听到电话那头绝望的妻子一句让人心酸又温暖的话："亲爱的，幸亏你回不来，不然你也被我们传染了，那么我的痛苦就会加倍，你要照顾好自己，我爱你。"

换作你，在失去至亲、生命垂危、焦虑与绝望笼罩着你的每一天而你的爱人却没能在你身边的时候，你会对他说什么？你会埋怨他不在你身边，还是会庆幸他不在你身边？同事的嫂子，在失去中，选择了温柔。

五年多以前我开始写公众号的时候，有个姑娘在后台留言，她告诉我，她刚成为一名单亲妈妈，一个人带着1岁的儿子，不再相信爱情，不再期待未来。

　　五年后的情人节，她给我发来了刚出生四天的女儿的照片，她说她遇见了一个愿意带着她和她的儿子携手走一生的男人。因为疫情，产科病房施行封闭管理。她的爱人就在病房里无微不至地照顾她和女儿，病房很嘈杂，刀口也很疼痛，可她看着忙前忙后已经四天没睡觉的丈夫的背影，幸福得像个孩子。

　　她说让她温柔的，是这个男人给她的眼前和远方。

　　工作繁忙的姐妹，今年回老家终于可以和父母多待几天了。在过往 30 年的生命里，由于独自在外打拼，她一直觉得自己在这个家里，没有那么被需要。这段日子，她陪爸妈聊天，尽管聊天的家长里短她并不熟悉；她跟姐姐一起设计菜谱，尽管她一直觉得自己的厨艺没那么精湛。她有时候会坐在一边看着家人，看着她再熟悉不过的他们谈笑风生，日子简单又平静。她坐在一边看着家人，她傻傻地笑着，那一瞬，她觉得自己与自己和解了。

　　与自己和解的那一刻，目光温柔，你会越来越爱自己，你会越来越爱身边的人。

　　陪小瓜学习，让他用"风景"造句，他闭上眼睛说："我站在阳台上，对面是楼房，我看到了千里之外的风景。"
我竟目光湿润，小瓜的温暖，给了我温柔。

想带着小瓜去足球场迎着夕阳奔跑；想去海边听海浪
拍打阳光的声音；想坐在弄堂里的咖啡馆，写一首甜美
的歌；想拉着行李箱随便去哪里旅行；想去吃一碗令人
垂涎欲滴的大肠面，排队一小时也没关系；想去家门口
的昏黄路灯下散步，不带小瓜，只有自己；想取下戴着会
让脸过敏的口罩，涂上口红，踩上高跟鞋，告诉自己可以
美美地过每一天本身就是一种恩赐……于是我拿起笔，在
字里行间，给了自己温柔。我的眼里是光，光里是永恒的
温柔……

 一切都是最好的安排

姐妹做了十几年技术，突然因为公司架构调整被调去
做运营了，于是她整个人都感觉不好了。可是没过多久她
怀孕了，焦虑的她一下子安静下来："你看，一切都是最
好的安排吧，要是我还在技术的前线封闭开发，我的小天

使说不定还来不了呢！"

好友刚刚跳槽到一个新公司，没过多久部门解散了，他焦灼不安：辞职吧，在这里沉淀得太浅；留下吧，会换去怎样的部门，经历怎样的变革？结果也就是同一天，事情反转，他得知一个新成立的部门和他的方向正好匹配，新领导新同事都张开双臂拥抱他的到来，他说，一切不好都是好的开始，一切"现在"就是最好的安排。

同事被她表白三次的男生果断拒绝了三次。她痛到怀疑人生。她以为在抬头不见低头见的每一个日常她会痛苦不堪尴尬无比，可她渐渐发现，这个男生的心里永远都住着另一个女同事，一点点她的位置都没有。既然不被疼爱，为什么要把自己爱在尘埃里？于是她更加爱自己了，她庆幸对方拒绝了自己，就好像逃过一场你爱的人心里没你的悲剧。你瞧，被错误的人拒绝后的幸福孤单，是她备受眷顾的安排。

神会时不时跟我们开个小玩笑。让我们跌入深渊，然后闻到泥土的芬芳，于是感叹，原来每一次跌入谷底，都是郁郁葱葱的开始。

你若干年、若干天前在乎的东西，现在是不是早就看淡了？

明早 9 点就要开始高考了。想想 16 年前高考的时候，老师和爸妈都说那是一锤子买卖，成了就有金灿灿的人生，败了就一辈子没戏。

现在看看身边的同事、同学都来自清华北大常青藤，不也是一样为了生活、为了现实、为了梦想、为了孩子疲于奔命？没有谁可以有捷径，也没有谁因为看上去比你优秀而过得比你轻松，每个人在每个阶段、每种处境下，对自己的期待都是不同的。

就好比你高考的时候怎么会知道，这看似的终点，才是人生的起点，一切刚刚开始。

北京的六月，格外湿润凉爽，让浮躁的春没有任何迹象地过渡到了炙热的夏。送走了漫天杨絮，开始怀念这座红墙青瓦的城。回想三年多以来在这里带着小瓜奋斗的点滴，感恩这座辅路都比浦西家门口的大马路宽的城，在秋的金黄、夏的清爽、冬的素净中，给了我一颗终于沉下来的心。

不论你在哪儿，不论你身处什么时刻，不论你正经历怎样的处境，不论你正焦虑怎样的改变，不论你正无助于怎样的孤独，都请你相信，眼前的一切，在不远的未来看来，都是最好的安排。

PS：小瓜最近迷恋上了 Seasons In The Sun，一个刚刚学现在进行时的小朋友，现在每天跟着 Westlife 唱啊唱。想到高一时的我，下了晚自习缩在宿舍湿漉漉的被子里偷偷学了两周才唱下来。看来，音乐是没有代沟的，5 岁半的小瓜和 35 岁的我，沉醉在同一首歌声的各自的世界里……

Goodbye to you my trusted friend

别了朋友，我的挚友

We've know each other since we were nine or ten

我们已相识很久，那时我们还是孩子

Together we've climbed hills and trees

我们曾一起爬过无数山丘

Learned of love and ABC's

一起学会了爱，还有许多

Skinned our hearts and skinned our knees

也曾一起伤过心，一起破过皮

Goodbye my friend it's hard to die

别了，我的朋友，友情是不死的

When all the birds are singing in the sky

到了鸟儿们一起飞到天空中歌唱的时候

Now that spring is in the air

春天就弥漫在那空气中

Pretty girls are everywhere

到处都会有可爱的女孩

Think of me and I'll be there

想起我，我就会在那春天里

We had joy we had fun

我们曾欢喜，我们曾快乐

We had seasons in the sun

我们曾拥有那些阳光下的季节

But the hills that we climb!

但我们爬过的那些山

Bed were just seasons out of time

却早已经历了多少沧桑啊

Goodbye Papa please pray for me

别了，爸爸，请为我祈祷吧

I was the black sheep of the family

我曾是家里的害群之马

You tried to reach me right from wrong

你总是试图教我改邪归正

Too much wine and too much song

太多的酒，太多的歌

Wonder how I got along

真不知我是如何过来的

Goodbye Papa it's hard to die

别了，爸爸，亲情是不死的

When all the birds are singing in the sky

到了鸟儿们一起飞到天空中歌唱的时候

Now that the spring is in the air

春天就弥漫在那空气中

Little children everywhere

到处都会有淘气的孩子

When you see them I'll be there

当你看见他们时，我就会在那春天里

We had joy we had fun we had seasons in the sun

我们曾欢喜，我们曾快乐，我们曾拥有那些阳光下的
季节

But the wine and the song like the seasons have all gone

但那酒与歌，就像那些季节早已流逝而去啊

We had joy we had fun we had seasons in the sun

我们曾欢喜，我们曾快乐，我们曾拥有那些阳光下的季节

But the wine and the song like the seasons have all gone

但那酒与歌，就像那些季节早已流逝而去啊

Goodbye Michelle my little one

别了，蜜雪儿，我的小宝贝

You gave me love and helped me find the sun

你给了我爱，使我找到了阳光

And every time that I was down

每当我消沉的时候

You would always come around

你总是会来到我身边

And get my feet back on the ground

让我重新站起来

Goodbye Michelle it's hard to die

别了，蜜雪儿，爱情是不死的

When all the birds are singing in the sky

到了鸟儿们一起飞到天空中歌唱的时候

Now that the spring is in the air

春天就弥漫在那空气中

With the flowers everywhere

到处都会有美丽的花儿

I wish that we could both be there

我希望我们能一起徜徉在那春天里

We had joy we had fun we had seasons in the sun

我们曾欢喜，我们曾快乐，我们曾拥有那些阳光下的季节

But the wine and the song like the seasons have all gone

但那酒与歌，就像那些季节早已流逝而去啊

We had joy we had fun we had seasons in the sun

我们曾欢喜，我们曾快乐，我们曾拥有那些阳光下的季节

But the wine and the song like the seasons have all gone

但那酒与歌，就像那些季节早已流逝而去啊

 ## 30 岁离婚，40 岁创业，她过得很好

纽约时间比加州时间早 3 小时

但加州时间并没有变慢

有人 22 岁就失业了

等了五年才找到好的工作

有人 25 岁就当上 CEO

却在 50 岁去世

也有人迟到 50 岁才当上 CEO

然后活到 90 岁

有人依然单身

有人已婚

奥巴马 55 岁就退休

川普 70 岁才开始当总统

在这世上

每个人本就有属于他自己的时区

身边有些人看似走在你前面

也有人看似走在你后面

但其实每个人都在自己的时区

有自己的节奏

不用嫉妒或嘲笑他们

他们都在自己的时区里

你也是

生命就是积极等待正确的行动时机

所以

放轻松

你没有落后

你没有领先

在命运为你安排的
属于你自己的时区里
一切都准时

她身着一身黑底碎花短裙，长着可爱的娃娃脸；

她 30 岁离婚，35 岁生小孩，40 岁创业；

她是复旦保送北大的学霸，毕业做了七年咨询顾问，然后走出舒适区，去美国读书；

她 37 岁换了行业，无底线挑战自己；

她是今天来公司和我们分享的一位前麦肯锡的姐姐，40 岁的她，说自己只是个小咖。

谁说一个独立、成功、有经历又勇于挑战的女人一定强势？整个分享的过程，她仿佛山间和煦的风，让人温暖、舒服，或许用"可爱的小姑娘"形容她更为贴切吧——内心的强大，是无须用外表来修饰的。

痛了更要走出去

十年前的她，已经在麦肯锡拿到七位数年薪，30岁以前，她过得顺风顺水。生活第一次和她开玩笑，是她仰慕的学长，也是前夫，婚内出轨，和别人有了孩子。

婚姻失意的她，用一年的浑浑噩噩让自己走了出来。于是她决定走出去，去美国读MBA。去美国读MBA，意味着你需要花掉你100多万元的积蓄，以及放弃你两年七位数的并且持续在增长的收入。

痛苦中的她，走出去了。两年的充电时光，她认识了现在的先生，回国后，他们生了一个可爱的女儿。

再痛，也要走出去，更要豁得出去，然后海阔天空。

37岁，我还不老

37岁，如果还留在麦肯锡，估计也就一直奔着合伙人去了。可是她换了一个全新的行业，开启了自己之前全然没有尝试过的挑战。

不懂？查资料、问懂的人。不专业？那就做啦啦队队长，集结专业的人一起，去做对的事情。她转行的这家公司，两年就上市了，她积累了属于她的财富。回头看看，那两年读书且没有收入的"舍"，其实是另一种"得"，只不过这份"得"来得迟了一点。

我们耐心一点，把生命的时间线拉长，一切不正是对等的吗？

40岁，我想做我自己

一个成熟、善良又有积蓄的女人，40岁，确实可以做自己了。可她做自己的方式，是创业！她并没有跟我们分享太多关于创业的辛酸苦辣，相反地，她写了书，写了公众号，她爱她的先生、女儿，她也爱她的事业。

用她的话说，做自己，就是在你一直往前拼命冲啊冲的时候，撞上了一堵墙，然后你告诉自己真正想要的是什么。

Better late than never

还记不记得这句初中英语课文里高频出现的话？ Better late than never!

但是，平素里听到最多的声音就是"我们三十多奔四的人了，我真的拼不动了""我没有房贷，所以我一个月拿几千块差不多了，不然还能怎么办呢""我怎么可能做那种工作，累都把我累死了，我干不来的""为了孩子，我不得不放弃事业，好陪在他身边好好培养他"……

然而我只想说 better late than never, 放下你的借口吧，任何时候做任何事情都不晚，只是看你想要什么，看你愿意舍弃什么，看你做好了怎样的最好的打算和最坏的准备。

生命就是积极等待正确的行动时机
所以
放轻松
你没有落后
你没有领先
在命运为你安排的

属于你自己的时区里

一切都准时

是什么，把这纷乱的生活写成了诗

你我的生活，过来过去其实都差不多，唯有的区别，是对喜怒哀乐的纪念与表达方式不同罢了。

周末去参加小瓜幼儿园班级的新年森林音乐会，见证了什么叫作仪式感。

场地是一间空教室，老师们将它布置成了森林的样子：绿树红花、各种小动物；每一首歌，小朋友们都要换上不同的手工头饰，因为小朋友们扮演的是不同的动物；老师们扮演了森林里的仙女，闪闪发光的公主裙和森林的绿光交织在一起。

让我感动的是，这场森林音乐会没有邀请任何幼儿园的领导，唯一的观众就是家长。仙女（老师们）带着小动物

们 (孩子们) 为家长认认真真表演了一场音乐会。

老师们准备道具和场地，用了一个月的时间；孩子们排练歌曲，用了两个月时间，因为他们太小了。这一场华丽的演出，他们演给爸爸妈妈，也演给自己。

做给别人的叫装样子，做给自己的就是仪式感。老师带着孩子们，为了新年音乐会忙忙碌碌准备、认认真真表演、开开心心享受，让人感动又华丽的仪式感展现得淋漓尽致。

我有个朋友，周末需要上班，只有周一可以调休。她告诉我，她的生活是没有仪式感的，因为她没有像我们这种有周一恐惧症的人对周五的满心期待。

其实我们周四就开始期待了，期待一个周末，做一桌丰盛的菜肴、烤一盘想吃很久但都没时间探索的甜点、插一束杂七杂八却清新美好的小花、洋洋洒洒写下积累了一周的感悟、和小瓜玩一会儿变形金刚大作战 (我总扮演霸天虎的威震天)、快速哄睡小瓜之后打开心心念念了一周却没有时间追的剧、买几件心仪的衣裳、读一本看似无用的杂书……

在伦敦读书的时候，一直无法理解：灰蒙蒙的清晨，狂风骤雨，压得人刚刚出门就有些低落。街角一家家小咖啡店门口，永远坐着好些老爷爷，穿着大衣，系着领带，把咖啡和风雨一起喝进肚子里，读一份报纸，报纸的一角会被风吹翻卷。

每天上学路上看到这个情景，我都在幻想一种生不如死的画面：咖啡冷了，肚子疼了，头晕了……为什么不在家里喝呢？睡眼惺忪地捧着一大杯热腾腾的咖啡窝在沙发上喝不是很好吗？

后来，终于明白，不论好天气还是坏天气，即便70岁花白了头发，他们都会在清晨，穿上西装，坐在自己喝了至少10年的咖啡馆门前，来一杯热腾腾的拿铁，不打包，不进店，一定要用咖啡杯，要看着路上行人匆匆路过。意味着：退休了，我还安静地活在你们的繁华里，我知道每天在发生什么，我的一天才刚刚开始。

小瓜周五的时候总希望我去接他，他说周五晚上和我单独的约会是他的仪式感；

从第一份工作发工资要给妈妈买礼物开始，每年的那天都要买给妈妈礼物，妈妈说收到那份礼物是她的仪式感；

一位在 BBC 做了 40 年记者的老友，退休 10 年仍保持每天整点时段听 5 分钟 World Service，他说那是他的仪式感；

每次出差，都会注意到飞机起飞前，两位检修人员会站在机翼斜前方挥手致意，直到飞机飞入云端，那是他们的仪式感；

小瓜每周六学舞台魔术的时候，都会自己打好领结，他说即使场下只有他老师一位观众，他也需要有一位魔术师最起码的仪式感……

那么，相爱的人，不论出差还是归来，你站在机场充满期待地等着他，也是一份最纯朴又瑰丽的仪式感吧。

仪式感，就是即便整个世界都不在乎，你仍要做自己，你享受并幸福着。

 放过我，善待我

从《北京爱情故事》开始，佟丽娅的每一部戏都追。那天回放《北京爱情故事》的最后一集，末尾采访所有演员"你 10 年后的梦想是什么"，在大家都说要更有成就挣更多钱的时候，只有佟丽娅一个人说"希望我有自己的幸福家庭，有爱我的老公和孩子"。

还没到 10 年间，她的梦想的确实现了，大家都幻想着祝福着这对可以幸福生活 100 年的王子公主。但她幸福了吗？

所以经常在想，5 年前你认为最重要的东西，可能 5 年后就背叛了你；5 年前你以为离开了他你会活不下去的人，可能 5 年后你们天各一方各自安好；又或者 5 年前你认为渡不过难关，5 年后你只会轻描淡写一句没什么大不了。

昨天看了《超时空同居》，心里微微颤了一下，谷小焦（佟丽娅饰)为了找个有钱人连个卖土豆的都可以嫁,她虚荣但真实。最终在 20 年前和 20 年后的陆鸣(雷佳音饰)之间,她选择了哪怕不能在一起却真实地爱她的陆鸣,她放过了虚荣的自己,放过了她原以为对她来说最重要的东西。

生活中,你放过你自己了吗?

昨天听闻一个前同事,1983 年的女生,还没嫁人,就得了宫颈癌。之前说上海可以打宫颈癌疫苗的时候她还张罗着要去打,结果现在每天都在痛苦地接受化疗。她说她什么都做得好,就是太要强,从不放过自己,什么都要做最好。但这"最好",越是随着年岁的增长,越是需要付出更多健康的代价。

心疼她,也心疼自己。

通常都是社会缺什么,人们就愿意放大什么。比如,现在都在放大各种女权主义,像梅根这种 37 岁奔四的、离过婚的、拍过裸戏的女人,竟然嫁给了王子。

于是网上开始赞美她如何因为自己的优秀俘获了王子的心。试问,西北大学毕业的又怎样?那排在西北大学之

前还有 10 所学校呢。联合国演讲很奇怪吗？毕竟她是个艺人，一个演员，一个本来就活在聚光灯下的女人。

这事儿如果放在中国，王子的妈可能首先都不会允许王子找个离过婚、被全世界看过身体的女人。所以说，文化不同，和优秀不优秀，无关。

如果你现在还在苦恼你无法获得另一半的宠爱、理解与真心相待，认为这一切都归咎于你不够好、不够优秀、不够美丽、不够贤惠，那么，放过你自己吧。

如果你确实还需要努力，那么就继续努力，但你要知道你的努力只为你自己，不为任何人；如果你觉得自己尽力了，那么放过自己，先和自己和解，然后继往开来。

 ## 真实的你，最珍贵

还记得王敏佳被灰色头巾遮住整个脸颊只露出的那双布满伤痕的双眸吗——那眼神笃定、从容、清澈。

在拿着相册跟朋友们炫耀自己小时候如何向毛主席献花，以后每年如何骄傲地跟毛主席像合影时，同样是那双眼睛，并没有让你记忆犹新的坚定淡然，只是少女年轻的魅力罢了。毁了容，才放下了那些炫耀的浮华，才看到了最爱自己的男人，才开始勇敢地面对最真实的自己。

因为陈鹏的爱，王敏佳被从无底深渊托了起来，慢慢回归了真实的自己。可现实中，并不是每个人都如王敏佳一般幸运。

可能这个时候你正在被老板责备，责备你任务完成得不够好，责备你方向有偏差，责备你管理有问题，责备你方法不得当，责备你时间管理能力欠佳。可能这个时候你正在被丈夫责备，责备你不够贤惠淡雅，责备你不够性感迷人，责备你不够温柔似水，责备你不够通情达理，责备你做的某道菜不合他的胃口，责备你对孩子没照顾到位，责备你花在工作上的时间太长，责备你不与时俱进，责备你对公婆不够上心。

可能这个时候你正在被姐妹责备，责备每次约会都见不到你，责备见你一次你就黄脸婆一次，责备你不再和她们一起关注八卦和鸡血养娃等问题……

在所有种种的责备里，你是不是还找得到自己？你有没有真的就像你被责备的那样，怀疑自己很不好？又或者觉得自己做得不够好，还需要使劲儿努力去做得更好？在所有种种责备里，你有没有义无反顾地坚定过你的珍贵？

你到底有多珍贵？

同样是那双烟烟有神的眼睛，我想起了章子怡的成名作《我的父亲母亲》，母亲的现实，是黑白色的，而和父亲有关的一切回忆，都是彩色的。一个普普通通的农村女孩儿，执着地做着一件事：大胆去爱。于是，她的珍贵，给了她爱的勇气与执着，让她显得弥足珍贵，也给了他足够爱她的理由。

你到底有多珍贵？

也许看着《无问西东》，你的眼前都是为社会创造无限价值、为推动人类进步做出伟大贡献的人，然后你会说，真正珍贵的，是他们不是我。吴岭澜也曾找不到自己，可是让他真实面对自己的，不是要为社会做出多大贡献的决心，而是那句对真实的思考："什么是真实？你看到什么，听到什么，做什么，和谁在一起，有一种从心灵深处漫溢出的不懊悔也不羞耻的平和与喜悦。"

生活没有那么多的轰轰烈烈，伟人也不知道自己终会成为伟人，他们只是认清了自己的珍贵，直面真实却不完美的自己，然后走自己认为正确的路。

你到底有多珍贵？

小瓜出生时的助产师后来成了我的好姐妹，一个那么优秀的妇产科女医生，放弃了在上海最好的妇产科医院做医生的机会，去国外求学。别人质问她为什么不继续做人类生命的承载者，做天使。她说："你们觉得我很珍贵，可我自己一度在无止境的繁忙中找不到自己，所以我决定做我自己，我先做好最真实的自己，才可以为别人带去更多帮助。"

海外求学需要生活，与别人不同，她把代购的生意做得如火如荼。原以为生孩子只依赖她一次，而现在，我好像每天都在烦她：小瓜病了吃什么药？怕妈妈血糖高吃什么预防？胃寒怎么办？熬夜了怎么修复……她一边把一切归零做一个快乐的学生，一边成了让我们都离不开的百事通代购医生小女侠。

不是伟大成就珍贵，而是珍贵本身就很伟大。

你到底有多珍贵？

也许此时，你还在受到你最在意的人的质疑与伤害，他离开你，背弃你，辜负你；

也许此时，你正绝望地面对打击、承受不幸，那些度不完的苦难，在你看来已经成了家常便饭；

也许此时，你正迷茫地面对现实与未来的恐惧，它们阻止你、压制你、挑战你；

也许此时，你正无端地忍受孤独与寂寞，所以你开始学会珍爱自己，你就是你的珍宝……

你的珍贵，通过你的真实，你就会感受到它；你的珍贵，只要你正视它、珍惜它，你就会获得来自你自己的无限力量。这力量，会让你从容地抵抗所有伤害，并打败它们，去做潇洒快乐的自己。

何为潇洒，何为快乐？是由真实的你给自己定义的。

比起 18 岁，我还是更喜欢我现在的样子

忙忙碌碌的年底，忙忙碌碌的新年，忙忙碌碌的现在。

微信上都在传着 18 岁的照片，看到一条最有趣的朋友圈，是个 36 岁的同事说，"你们都发 18 岁，那我就等我到了 18 岁再发"；还有个姐妹，18 岁照片是和她老公（当时的初恋）一起拍的，38 岁了还是和他一起，不知不觉居然已经和这个满身都是毛病的男人在一起 20 年了。

18 岁的时候我们大都在高考吧，俨然一副学霸脸，学霸的标配校服，学霸的厚厚眼镜，学霸的庞大身材——那种男生见了都要羡慕三分的强壮身材。

18 岁，都来不及像小说里勾勒的花前月下、文艺情怀，甚至连喜欢一个人都顾不上，就想着各种题海战术，想着单词语法，想着段落笔画；18 岁，还不知道啥叫离子烫，钢丝般的自来卷的太阳公公发型，映着阳光，光芒万丈；

18 岁，去佐丹奴买了一条 32 尺码的湛蓝色牛仔裤，那是除了校服裤之外我以为最潇洒的着装；18 岁，依然深爱着简·奥斯汀和 Colin Firth，听着 BBC NEWS，努力模仿 British accent 的模样；18 岁几乎全都献给了课桌、课本和习题，心里憧憬着大学里的春暖花开。单纯为了一个简单目标直线往前走的经历是快乐的，18 岁，并不知道，完成了高考，才是真的现实人生的开始。

过了年，我就 34 岁了，记得 24 岁的时候我同我妈说："对着镜子低下头，眼睛向上 45 度看去，双下巴 + 松弛的面容会不会就是我 34 岁的样子？"现在真的 34 岁了，竟没有惶恐，安安静静地坐在飞机上，奋笔疾书。34 岁的我们，多了些许成熟，多了更多宽容，多了更多经历带给我们的淡定从容——笑容依然那么灿烂。比起 18 岁，我还是更喜欢我现在的样子。

在云端，机翼唱响，闭上眼睛，回想自己的一年过往。

关于工作，我以为我在北京一定坚持不过这一年就会逃离回上海，结果在这里，已经拖家带口地度过了两个新年，并持续为了全新的工作，为了养家，为了现实与梦想而孜孜不倦地奋斗着。记得导师跟我说，成功的人生一定是工作深深融入生活的，工作很愉快地就成了生活的一部分。但这一年我可能还没做到这一点，工作的时候完全不去想生活；生活了，就不再想回到工作中，于是整个神经系统在这样的切换中，一遍遍重复着被刺激—振奋—衰弱—再次被刺激。感觉 34 岁的年纪，工作中的挑战或者成就感，更多的是自己给予自己的，已经不太在意周边的声音，抑或期许——或许自己对自己的期许，才是最重要的。

关于生活，我以为我已经把生活和工作平衡得很好了，既要有独立的社会、经济基础，又要好好带小瓜、好好孝敬爸妈，还要轻松地做自己。于是我的休息，就是各种在外面带着小瓜疯玩儿，或者在家里做美食、烤点心，插插花，布置小院儿，写写东西——可最近，我才发现，丰满的生活，却让身体和健康千疮百孔，于是开始反思——一个连自己都保护、照料不好的人，有什么权利去爱别人、保护别人、照顾别人？我们不要做蜡烛，我们要做灯火通明的屋子，不是吗？温暖着自己，才可以温暖我们的挚爱。

关于母亲的角色。当小瓜可以一个人几乎完成所有事情、说着比我还要成熟的话语、体现着显然比我严密的逻辑性、和小朋友们一起唱歌跳舞表演武术节目、体重飙升到 18 千克让我再也没法单手抱起他的时候，我都不敢相信，一个生命，已经在悄然生息中创造着他生长的奇迹。作为妈妈，我累积起来陪伴小瓜的时间确实不够，于是努力让小瓜知道，每个人都有自己要去完成的使命，妈妈爱他，所以更要完成好自己的使命，比如好好工作，比如无法在每一次他需要妈妈的时候都在他的身边。欣慰的是，小瓜知道妈妈是无条件始终最爱他的那个人，在他的心里，他永远都是妈妈最好的小王子，妈妈永远都是他最好的美人鱼。

关于爱情，即使曾经受过伤，仍旧会为了爱赴汤蹈火，仍旧始终深信最坏世界里的最好爱情。之前读到布尔先生的一句话"我年纪越大，越感到容忍比自由重要"，而在思想的自由史、政治的自由史、宗教的自由史上，我们都可以看到，容忍的态度是最难的、最稀有的态度。

于是我常想，任何一段好的爱情，一定都是我们用容忍的态度，去报答爱人对我们的容忍。毕竟这世上没有两片相同的叶子，三观再相合，你也不是我，我也不是你，我们不可能绝对相同，我们都希望做我们自己，于是做自己不再困难，反而难的，是那个爱你的人的宽容与谅解，那种每时每刻都充满感恩地用互换视角去用心对待彼此的真诚态度。

关于未来。眼下就是崭新的一年，总给人无限期待与幻想。跨越一个个小目标，认真过好每一天，说不定奇迹就在眼前。

 ## 我的世界，不是没你不行，而是有你真好

做个安静的人挺好，不喜欢争抢，信奉"是我的跑不掉，不是我的抢不来"。一群人喧闹我负责微笑，不太大喜也不太大悲，世间仅此一次，所以从从容容随遇而安。进能倾听他人的想法，退能思考自己的生活。你有大世界，我有小生活。

这几天带着小瓜度假，小瓜问我什么是时差。我该怎么解释呢？地球自转公转？时区？南半球北半球？地球是圆的？

同一片天空下，伦敦的你，会不会觉得比北京的我多活了 8 小时？以前每次坐着 11 小时的飞机回上海的时候，我都觉得自己赚回了 8 小时的生命，特别美好。

我的好友，圣马丁艺术学院服装设计硕士毕业，做得一手好衣服，复古文艺范儿，她因为她的才华更加楚楚动人。她和她异国恋的男友，当初一个在伦敦，一个在西安，他们就这样相恋 10 年，今天他们要结婚了！

她穿着自己设计的婚纱，那是一种荣耀，一种既欢呼雀跃又心如止水的骄傲。

10 年的异国恋，如何做到不离不弃？她说："我们之间，没有时差存在。我们都是对方最最重要的人，但不是全部。"

她的脑子里装着的，全是各种 show，是各种客户千奇百怪的需求，是如何把自己复古的本土时尚品牌建立起来。当其他姑娘盼着男人回家、猜度男人是不是有了外遇、幻想男人会送自己什么样的纪念日礼物时，她一直在思考如何在这人云亦云的时代，坚守自己的复古设计梦想；她在思考如何能不丢掉自己，同时又满足用户。于是，我们看到的她，每一天，都美得让同样身为女人的我们无地自容。

与其说这 10 年在等待与守候，不如说这 10 年，他们彼此没有承诺，没有束缚，没有时差，没有牵绊，他们把彼此装在心里，努力给对方一个无止境最好的自己。

我不信这 10 年里他们没有过分歧与争吵，也不信这 10 年里他们没有过怀疑与动摇。但是在诸如异地、三观、爱等变量下，先恒定一个变量 (比如，三观，或者梦想)，再去解决其他的变量 (比如，异地、爱)，问题就变得简单起来。

她信奉的，是努力为梦想而活，不管你是男人还是女子。因为生命的轨迹总会按照你拼命的方向去游走，所以爱情也好，孩子也罢，都是组成我们生命中的一部分。结果，她成就了 10 年异地美好的爱情。

追梦的路上，爱情也越发丰满。

什么是最好的自己？

有个同事，是全团队最忙碌的。活干得漂亮，为人处世也得体。可是她总说 "我要成为最好的自己，这样才能有好男人要我"。于是她工作更努力更拼命，她用别人的标准成就自己，却不知到底怎样的自己才是自己该有的模样，所以她常常自我坍塌、沦陷、身心俱疲。

比如工作好、身材好、心态好、身体好、生活好、孩子好、老公好……这一切 "好" 的标准，是自己给自己定义的。

比如，同样的生活状态，5 年前你觉得差极了，而现在，因为经历了一些事情，又或者因为你努力过争取过，你会对现在极力感恩与珍惜；最好的自己，不是做给别人看的，否则会在世俗和妒忌的目光中被杀死，直到有一天丢了自己才恍然大悟。

什么是最好的自己？我们走在路上，目光笃定，步履轻盈，汲取光的能量——我们便拥有了整个世界。

第三章

绚烂至极 归于宁静

有些记忆，清晰而陌生地钻进你的脑海里。内心的平静，是不管外面的声音多嘈杂，依旧清晰地听得到心底的声音；是不管遇到什么事儿，遇见什么人，你都安安静静地坐在那里。那是笃定，是相信；那是内心的安宁，和由此带给你的无限力量。

 日日是好日

春有百花秋有月
夏有凉风冬有雪
若无闲事挂心头
便是人间好时节
　　　——《日日是好日》

急诊输液室里，嘈杂拥挤，人声鼎沸。护士忙碌地穿梭，病人痛苦地呻吟，家属焦虑地徘徊。我隔壁坐着一个女孩儿，一个男孩儿面对着她站在她的椅子前。女孩儿的头，顶在男孩儿圆鼓鼓的肚子上，男孩儿的手轻扶着她的头，心疼地望着她。

男孩儿一动不动地站着，女孩儿的头埋在他的肚子里，女孩儿虽看着苍白无力，却因男孩儿而平静甜美。男孩儿一直摸着她的头，他的肚子也纹丝不动，就这么让女孩儿一直顶着。

混乱不堪、空气让人窒息的昏暗的输液室里，他们像一道光，温暖、明亮、宁静。此时，任何"我爱你""我陪着你""疼不疼啊""很快就会好了""我会照顾你的"之类的话语，或许都不及此时男孩儿云朵般软绵绵的肚子更温暖、更舒服，更能给病痛中的女孩儿坚定不移的支撑吧？

两个多小时后，我结束了输液，女孩儿还在继续，男孩儿仍旧一动也不动地伫立在椅子边，女孩儿顶着他的肚子……那一瞬，成了爱情定格在我脑海里最真实的温暖画面。记得有人说过，对大多数人来说，爱哪有那么轰轰烈烈？爱是熟睡的他，在翻身的时候，都会本能地给你盖被子，塞塞被角。

回到家，我跟插画师描绘了这个定格在我脑海里挥之不去的画面，画出了这束在寒冬里的暖光，它是真实存在的美好爱情，它是真诚的宠爱，它是不论发生什么，我都会陪伴在你身边。

这束光，照进你，温暖你，使你保持相信，使你充满期待。

疫情的反复，让人们对新年少了些期许。不能面朝大海春暖花开，不能回家乡与亲人团聚，甚至不能正常工作或生活。其实我想说，既然很多问题我们无力改变，那么，何不把每一次相聚，当作一次春节、一次圣诞、一次情人节、一次纪念日？充满仪式感地好好珍惜每一次相聚，与爱人、与父母、与孩子、与朋友……每一次相聚，都是好日子。

今天早晨，小瓜送了我一首他写的小诗，叫作《早上好》。

早上好，睡得好
你睡得香不香哟
早上好，睡得好
你做作业没有

早上好，睡得好
你吃早餐没有
早上好，睡得好
你是我的好朋友

吃得香，睡得好，用心工作，用心生活，用心给予，用心去爱……日日是好日。

今朝风日好，或恐有人来。或许你是一个熟谙黑夜的人，

或许你正冒着雨出门又在雨里回来，或许你曾走过城市里最远的灯火，或许你正和我一样，正认真地过着今天，并且满心欢喜地期待明天。

心是一座灯塔，在夜的寂静与翻滚里，伫立着，明亮着，汲取着，温暖着，给予着。

 再见了，北京

三年了，我要离开你了。

你的红砖青瓦，写着你的故事，我爱听你诉说，三年都听不够。

角楼，沿着护城河的倒影，每每望着你许久不愿离去，那是你的象征，也是我心里最威严的宁静。

从景山前街，沿着景山西街，一路走到景山后街，钻进南锣鼓巷的帽儿胡同，空气里沉浸着你温柔的气息，安静到听得见你的心跳。胡同儿，是你正用心生活着的证明，或许你不需要被证明，你就是你。

从狭窄的胡同穿出来，眼前豁然开朗——后海。我眼里的后海不是酒吧，是妖娆的柳树，是拉着二胡哼着小曲儿的大爷，是那一汪清澈。后海，小瓜的整个冬天都在那里度过，溜冰、滑冰车，睫毛冻到变成根根白霜，他幸福地举着糖葫芦，在你怀里无拘无束。

你今年的第一场雪，故宫，红的墙，青的地，灰白的天，白得庄严与静谧。

炙热的夏，你是清凉的，天总是那么蓝，云总是那么高。我家小院儿的南瓜、辣椒、青菜、茄子，都结了果，被阳光喂养得饱饱的，银杏树遮住小院儿的天，那是你带给我的世界。

月坛北街，我住了三年的地方，没有公交，没有拥堵，没有别人所说的嘈杂，没有熙攘的人群；奶奶爷爷们悠然地散着步，我骑着单车，不用打伞，不担心会被晒黑；秋天的银杏，让你金黄璀璨，而你的绚烂，都归于你深沉的宁静。

谢谢你让小朋友们有那么多可以去感受你的机会，保利剧院、中国儿童剧院、北京喜剧院、天桥艺术中心……我和小瓜周六的每个下午都在这些地方度过，你为孩子们准备的话剧、音乐剧，让他们的成长，伴着最朴实、最真诚的艺术表现，渗入他们的生活里。

去年九月，每天加班到凌晨 3 点回家，路过天安门，红灿灿的光，印在我脸上。每一次，我都会偷偷掉眼泪，一整天的疲惫，让我在那一刻只想钻进你的怀抱——你用你独有的方式，拥抱着我，抚慰着我，你就在那里，每日、每夜，每时、每刻发着红灿灿的光。

去年十一月，每天早晨 7 点路过长安街，最快乐的时光是遇到升旗戒严，我望着五星红旗伴着朝阳升起，迎着晨光在风中飘扬，这么浮躁的世界，你纯净、清澈。你在用你独有的、只属于我们的语言告诉我，不论世界多嘈杂，做自己就好——你有你的姹紫嫣红，我有我的淡定从容。

去年十二月，深夜 12 点，我骑着单车，从西单沿着长安街，一路骑到永安里。寒风中，任汗水挥洒，任孤独释放，任疲惫慰藉，任我在你怀里，感受你最独特的温柔。这是世界最美的街，这是世界最神圣的地方，这是你最美的样子，这是我最完整的记忆。

三年，你见证了我的成长，从零开始，你陪着我，走过荆棘，走过寒冬，走过绝望，走过奋斗路上每一个值得纪念的里程碑；三年，你让我变得更坚韧、更强大、更宽容、更可爱；三年，你让我不再害怕前路，不再因未来的不确定而不安；三年，你给了付出 100 份努力就可以收获 1 份喜悦的幸运，让我在一次又一次被打击的痛苦中，仍旧不放弃任何一次努力的机会；三年，你让我把一切杂音抛在脑后，沉淀再沉淀，于是现在的我，坚定而可爱。

有你在，就有光。

三年，你见证了小瓜的成长。来到你身边的时候，他只是个 baby；而现在，他可以用自己的方式，跟幼儿园小朋友一一告别。他说他舍不得你，不愿离开你。中国儿童中心实验幼儿园，是小瓜成长最美的记忆：每周幼儿园的棒球课、游泳课、武术课、轮滑课、舞蹈课、钢琴课、音乐课、美术课、科学课，让我在不知不觉中发现，我的小瓜已经掌握了那么多本领。春天，孩子们去院子里捡松果、收集各种花瓣；夏天，植物学家带着孩子们去认识植物，用叶子编织美丽的图画；秋天，银杏叶、枫叶被孩子们夹

进小本子里，孩子们骄傲地开了属于他们自己的画展；冬天，孩子们尽情地打雪仗，老牛探索馆的笑声，至今还在回响……

三年了，我要离开你了。我会用我的心，继续听你讲故事；我会继续在你的怀里，做个孩子；我会继续坚定你的坚定，温暖你的温暖；我会继续在你庄严静谧的那一束光里，不回头，向前走。

再见了，北京。

 新的一年，我要更勇敢

似乎一切都在刚刚成为过往的这一年里发生了：春天和秋天，盛开和凋谢，孤独和欢喜，困难和转机，悲伤和释怀，还有光和影的相伴相生。

欣慰地看到，身边的朋友从春天耕种到秋天收获，每一步都走得铿锵。

好姐妹一直梦想去剑桥读博，也一度纠结过是不是要在疫情的冲击下放弃，但最终还是义无反顾地冲向了她的梦幻岛。在剑桥，她现在过得很好。在你纠结犹豫、优柔寡断的时候，不妨往前走那么一小步，说不定就已经在追梦的路上了。

一位前辈蓄势待发筹备了一年的公司，在别人说"市场不好"的大环境里，刚起步就做得风生水起。"不好"只是相对的，"不好"只是停滞不前的借口，定位清晰，落地眼前，就总有自己的价值。与其人云亦云怨声载道，不如问问自己：我在哪里？我想要什么？我的价值是什么？我该怎么开始？

"妈妈，我已经是一名小学生了，而且我练出了两块腹肌，还剩六块需要努力，我感到很兴奋，我会继续多吃点牛肉和碳水化合物，少吃饼干糖果。"前几天7岁生日的时候，小瓜许了三个愿望：家人平安健康、永远和妈妈在一起、玩具满天飞。我很庆幸他没有许下"考试100分"之类的愿望，很庆幸他在这乱七八糟世界里仍旧保持着一个小孩子本该有的纯粹与天真。

新年之际，想对勇敢的自己说：你要更勇敢。

关于爱情。一个人做一切的时候，望着身边和自己一样平凡的女孩儿们，她们被爱人以各种方式细心地照顾着、用心地保护着，因为爱，她们身上散发着耀眼的光；感情里空白又脆弱的自己，活得像个隐形人，没有人在乎深夜才忙完一天工作的你在哪里，你在做什么，你过得怎样。更重要的，是没有那个人，他是你最好的伙伴，你们保持独立各自忙碌，却又齐头并进相互搀扶，你累的时候，他张开双臂，紧紧地抱住你。有彼此，风雨算什么？

可是，新的一年，依旧坚定地相信，我想要更勇敢。眼神里，是骄傲，是喜悦，是不管未来会怎样，为了遇见你，也要往前冲得勇敢无畏。

关于爱情，我要更勇敢。

关于事业。时常觉得自己无所不能，却又会畏首畏尾。无所不能的，是不论身处怎样的境地，都会迎着风，为自己推开一扇门抑或一扇窗；畏首畏尾的，是面临现实生存的压力，害怕大胆尝试，就好像你有你的格局，却因为患得患失而迈不出脚下的一步。那句"think big start small"是我今年最深的体会。好在义无反顾的路上，有伙伴们的帮助，有小瓜的鼓励，有说干就干的决心。勇敢地踏实做好眼前的一切，准没错儿。

关于事业，我要更勇敢。

前几天看了《心灵奇旅》，被 Joe 和 22 号触动。人要勇敢，不是说去为了一场炫酷的演出豁出一辈子的勇敢，就好比富兰克林的哨子，那些你为之付出一切得到时却感慨不值得的某个其实再去看并没有那么重要的结果。勇敢，是你面对琐碎、现实、赤裸的生活每一天却依旧充满感恩与活力的勇气。

努力而不忘初心，诙谐而不贪图享乐，坚定而不一味执拗……这才是勇敢吧。勇敢的人生，真实而美好。

新的一年，平安喜乐，家人安康，在让生活变得更好的梦想之路上，更纯粹，更勇敢。

 倒不如简单纯粹活在当下

　　神情里，是对舞台的敬畏；目光里，是对后生的尊重；舞步里，是对热爱的投入。这就是街舞第四季，看 Acky 桑和尼尔森比赛，Acky 桑用他的身体，以亚洲人最适合的方式，道出了街舞文化的灵魂。作为最早接触街舞并融合亚洲元素在街舞的 Popping 元老级舞者，47 岁的 Acky 桑，像个孩子一样在跳舞。

　　和 Acky 桑比赛的后生尼尔森，看着 Acky 桑的视频长大，如果说 Acky 桑的 old school 传承了 Popping 的经典，那么尼尔森的天马行空则展示了 Popping 的现在。他们用同一首音乐，风格迥异的肢体动作，诠释着自己对生活的不同理解。经典与创新比赛的输赢不再重要，重要的正如 Acky 桑所说："我今天来到这里，是为了分享活力和勇气，是为了分享我跳舞的感受。"

　　我不禁在想，我们从小接受的教育，是语文课给每篇文章总结的"中心思想"，以及每篇文章被赋予的升华了的意义。所以，长大了的我们，习惯性会给我们做的所有事情贴标签、赋予意义，然后患得患失。

比如，一份工作，还什么都没做，就在想这份工作的意义在哪里，可以给现在和未来的自己带来什么，投入产出比是否合理；比如，一份感情，还没有认真了解彼此并为之付出，就开始评判对方是否足够优秀、足够爱自己，并且爱自己一辈子。你都没有认真去爱，哪有什么资格要求对方爱你一辈子？感情是两情相悦，不是凭空臆想，更不是道德绑架。

哪有那么多"中心思想""重大意义""理所当然"？很多事情，只是事情本身，你去做了，做好了，让你或者你身边的人受益了，那么在这个过程当中，它便被赋予了意义，这份意义，或许就是生活不确定性美好的所在吧？

三年前的呼兰，讲脱口秀只是因为他觉得那是当下最适合他的职业；三年后的呼兰，说自己很荣幸可以用脱口秀的方式把欢乐带给人间。

亚洲街舞天花板的 Acky 桑，起初他只是爱跳舞，然后把 Popping 做了最亚洲的诠释，再然后便把生活和舞蹈不可分割地联系在一起，这包括他持续 20 年严苛的身体管理，他说用最好的身体支持最好的舞蹈事业也是为了过更好的生活。他站在舞台上，仅仅是为了分享跳舞的这份感受，以及舞蹈带给他的活力与能量。

《一生一世》中的时宜，她在机场偶然听到了"周生辰"这配音剧本里的名字，便冲上去要了他的邮箱账号。此后，才有了周生辰的求婚，和只属于他们的等待千年的甜蜜爱情。世间所有的相遇，都是久别重逢。但这份爱情的意义，是时宜当下的勇敢换来的。

如果你遇见了一个人，他很疼你，你问自己他会不会就这样爱自己一辈子，那么就去好好爱他、欣赏他，时间会给你答案；如果你正在做一份工作，你问自己这份工作的意义到底是什么，那么就去好好工作，沉淀的力量会让你感受到不可思议的成长；如果你即将开启一份事业，你问自己到底能走多远，那么就去开始吧，在风险和成本可承受的范围内，开始了，你便不会再焦虑，管它能走多远；如果你正停滞不前，你问自己活着的意义是什么，那么就去好好珍惜当下的停滞，它使你休整、放空，待舞台成熟，继续再战。

简单的，纯粹的，眼前的，真实的，行动的……或许就是最好的！

 那些不确定，都是命中注定

有没有那么一个时刻：似乎并没有发生什么惊天动地的大事儿，可全世界似乎都在和你作对，千军万马涌向你，你会感到呼吸困难、沮丧难耐、疲惫不堪。

暴雨、台风、疫情，让这个夏天并不那么可爱，这是你和自然最贴近的时刻，你会感到它的变化，正深刻地影响着你全部的生活，使它杂乱又无章，使它被动又狼狈。

前阵子好不容易拖着小瓜在梅雨季搬好了家，就迎来了台风"烟花"，新家严重漏水，崭新的墙壁和地板都坏了。在室内"抗洪"三天后，决定从新家搬出，等待雨过天晴，重新修缮。于是带着小瓜去海边旅行，迫不及待收拾疲惫，拥抱暑假清新的海风。可是航班刚落地，就收到当地疫情的升级信息，酒店的餐厅和好几个泳池都封闭了，怀着忐恋的心绪，匆忙改签了机票，来不及跟面朝大海春暖花开的惬意挥别，就踏上了返程的路。提着大箱子，来来回回折腾，任口罩把脸捂出疹子，折腾够了，去面对生活的一地鸡毛和工作的永不止息。

《北辙南辕》里，尤姗姗是要什么有什么的神奇女侠，除了婚姻。她和黑哥跨越友情却又恋人未满的情愫，在她看来刚刚好。钢铁般外在的她，柔软的内心需要黑哥这座庙，她在庙里修行、修养、找自己……天亮了，她走出这座庙，继续所向披靡。这是你要的爱情吗？有音乐，有期盼，有宁静，有懂得，却没有生活；最终，当黑哥离开世界时，姐妹们都有了新的归宿，唯有善良仗义、真实美丽的尤姗姗那颗孤独的灵魂，无处安放。

冯希的爱情，烟火气少了很多：日久生情，一起上下班，一起吃早餐，一起经营餐厅，一起喜怒哀乐。比起尤姗姗和黑哥，他们的爱情少了那份灵魂碰撞，可日子久了，一个眼神，一抹呼吸，都在对方的眼里、心里。娇小踏实的冯希没那么出众，却很暖心；没那么激情，却很温婉，她被10年的爱情遗弃，闪婚、生子，过着再平常不过的小日子。这是你要的爱情吗？

戴小雨的爱情，是为了不劳而获明知是第三者却不甘愿做第三者的此地无银。分分合合，散了又聚，她舍不得的，不是爱，是被占有的欲望和被嗟来之食滋养的习以为常。直到她意外怀孕，被某种程度抛弃，出车祸，失去子宫。看似的不公，其实是她飞蛾扑火的印证。你得到了很多本不该属于你的，你也失去了很多其实远比你得到的更珍贵的。这是你要的爱情吗？

生命的不确定性在于，一切可能都不会按照你的计划进行，所以你会烦躁，会孤单，会无助，会焦虑，会自我怀疑，会觉得世界都抛弃了你。

可你发现了吗？这不确定性，又好像是必然会发生的：比如，尤姗姗，因为出众，所以那座庙成了爱情，庙意外地倒了，不将就，于是身单影只，宁做黑夜的星辰；比如，冯希，因为普通，所以柴米油盐成了爱情，告别了 10 年的爱人，马上就会有不期而遇的柴米油盐温暖她拥抱她，日子继续；比如，戴小雨，因为虚荣，所以把满足的物欲当成了爱情，丢不掉该丢掉的，又不得不掩饰那份自怨自艾，故作释怀，如此循环。

这看似的不确定，就是宿命吧。就好像每个人都会有每个人来这人间的使命，这使命，都有它独特的排期。你付出的，你得到的，你等待的，你未曾期许的，都会按照它原有的轨迹，有条不紊地在你的时区里发生。如果是这样，好的、不好的，都自然会来。这许许多多的自然到来，在我们完成使命的时区里，成了我们的不确定、意外，又或者惊喜。

如果是这样，那不忘初心的历久弥坚，就显得有点强人所难了。生活无非是不期而遇的痛苦或美丽，没有对错，没有不公，没有理所当然。在我们各自的时区里，做不到心如止水，至少可以把波澜壮阔写成点点涟漪，那么，那些不友好，那些不堪，那些不悦，会自然而然地离去，如它们自然而然地到来一般。

飞机就要着陆，收拾心绪，望着机翼穿过云层，如巧克力威化般的高楼星星点点，长江上的船只们仿佛静止在那里，没有海天一线的景致，却有归心似箭的光影。

这盛夏，航班没有晚点，我们得以好好生活、自由思考；那些不确定，那些意外，那些惊喜，在清晨的光和傍晚的徐徐微风中，沉淀，沉淀……散去，散去……成了你的脸上那欣欣然的笑容，那笃定的眼神，那迷人的目光。

在这里，梦想都会实现

从上海站赶高铁去北京出差，感慨竟有 10 年没到过这里了。

熙熙攘攘的人群夹杂着空气中的汗腥味儿，拥挤的出口没有电梯，方圆 2 千米叫不到网约车，令人窒息的地下室里排不到出租车——它还是那个上海站，是那个尽管不太便利，却有着无数回忆的上海站，也是那个或许我们再也回不去了的上海站。

这里是梦想开始的地方。从家乡来上海读本科，走出车站，看着万家灯火，想着哪里会有属于自己的那盏灯，于是开始了奋斗的不归路，努力是青春独有的记忆，也成了不辜负自己的最好证明。

这里有初恋最美好的等待。初恋在武汉读书，每两个月来上海看我一次。140 斤彪悍的我，会换上平日里从不穿的花裙子，提前一小时就赶到车站，站在东南出站口，就那么望眼欲穿地等着他，不会觉得累，不会觉得热，就那么时不时地踮起脚，幸福地等着。经常会遇见绿皮车晚点，我就那么站着，期待人群中他的身影——那是无论他在哪里、离你有多远，你都会第一眼辨识出来并飞奔着冲向他的身影。这样的盼望，这样的相遇，我们一起经历了四年，然后，也是在这里，我们挥手，各奔前程。

这里连接着再也回不去的家乡。记得读本科的时候，每次大包小包地逃难般赶到车站，和同学们一起嘻嘻哈哈，湿透了 T 恤——没有什么比"回家"这个词更让人魂牵梦绕了。48 小时的车程，穿越丝绸之路，戈壁滩夜晚的星空银河，伴着列车哐当的声响，那是回家的梦境——家乡好远又好近。

时隔 10 年，再次来到这里，感慨曾经一起赶火车的伙伴们，沧海桑田；感慨早已把上海当作自己的家，而少了那份"回家乡"的牵绊；感慨自己已不再是那个大包小包大汗淋漓的少女，梦想却始终如一；感慨自己不再踮起脚去爱，倒是多了些从容与宁静；感慨从这里出发的 17 年来的每一天——那从零开始、直到今天的我的模样。

　　在这里，我们一次次相聚，是为了一次次别离；在这里，青春被留下了最朴实又最璀璨的印记；在这里，梦想，都会实现。

 当你不知所措的时候，相信命运的安排

　　团队里一个特别可爱的姑娘怀孕了，她比平日里更努力工作，甘心加班，废寝忘食，以至于我总充满愧疚感地催她去产检、去吃饭。

　　后来，整天都乐呵呵又孜孜不倦的她，告诉我她老公正在找工作，她需要卖掉老家的房子再凑些钱在这座城市买一个小房子，因为即将降临的孩子需要户口。

　　我于是不再想告诉她孩子出生以后她会面临多大的压力和挑战，我只是真诚地告诉她："孩子是最好的礼物，未来的路，他会陪你一起走，也会给你所有的选择最好的答案。"

她还是那么一如既往地做好每一份报告、每一件被交代的小事，穿梭于 5 千米需要走一个多小时的公交上，踏踏实实地工作着、生活着，快乐地迎接着宝宝的到来。

当你付出全部努力仍不知所措的时候，不如相信命运的安排；说不定就在你不经意的某个点，你的世界线，就和一条叫作"幸运"的世界线交会了。

有个闺密，一直都在创业的路上，已经颇有成就。在我心里金光闪闪的她，也常会被无穷尽的、处理不完的琐事干扰甚至拖后腿，也会时常与自己的平凡做斗争。

可她本就不平凡。有自己杀出一条血路来的在行业沉淀了十几年的创业资源，有清晰的商业模式和变现路径——但即使是这样，她每天都要处理团队管理的问题、资源协调的问题、客户和产品的问题，以及来自市场、资金和人才的各种压力。

后来她决定，不再与自己的"平凡"为敌，先不去想远方，先奔向自己最擅长的方向，其他的一步步来；至于做大做强，那是后面的事情。

说来也奇怪，当她决定接受"平凡"，只着手眼前的时候，她的生意以她无法预测的速度发展，而且带来了新的机会和伙伴。

还有位前辈，他的生意最近有点儿卡壳儿。和其他人不同，他如释重负地说自己终于有时间静下心来思考了。于是主动处理各种危机之余，他开始一家一家去走访客户，和他们聊天；他去了自己一直想去却没有去的城市，尽情地呼吸；他开始研究以前没空涉足的跨行业的东西，快速从小白变专家。

现在，他的生意开始出现转机，跨行业的机会也被他踩到了点。他还是一副不以物喜不以己悲的样子，他的脸上不写抱怨，不写无奈，不写欣喜若狂，心如钢铁也成绕指柔。

当你不知所措的时候，做点别的什么，然后相信，云淡风轻，生活继续，它会带你去一些地方，经历一些事情，然后给你答案。

上海今年的冬天，来得比往常晚一些。讲不清"既来之则安之"的小瓜，安慰回到上海第一个冬天里怕冷怕没暖气的我说："妈妈，我们在哪里生活，我们就要爱哪里，

所以我现在就像爱你一样爱上海（尽管我知道，他一直很想念北京的幼儿园，想念那里的伙伴们；他一直很想念北京小院儿里的那只老母鸡和英短猫）。"我好像更没有什么理由不去爱这被小瓜温暖的上海的冬天了。

掉光了叶子的法国梧桐的倒影，在路灯下仍然娇柔温婉；一碗热腾腾的蟹黄面配素鸡的香气，足以延绵到心里；洋洋洒洒的蜿蜒小巷，让你无须在正南正北的束缚里矜持；迟来的冬日里的寒风，让你感恩深秋的驻足留下的金黄与温暖。

只需等待，只需相信，事物有时貌似是一个障碍，但最终会是一个礼物。

 All in? 可是健康终究第一

昨天去病房探望朋友，看到一位老奶奶，她动不了、说不了话、不能自理。一位护工负责照顾她：护工大声地斥责她不许喝水、不许吃太多流食，强烈要求她自己穿衣服……

不一会儿老奶奶的儿子来了，护工瞬间变脸："哎呀，你快看看你妈妈呀，气色多好啊，比昨天好多了是吧？你不知道阿姨照顾她有多费心哦。"

"对对对，阿姨您辛苦了，我妈妈真幸运，请到您这么好的护工，那我也放心了，我很忙的，我这就走了。"儿子全然看不到妈妈的眼神里透露出的求救信号。

老奶奶绝望地躺在床上，看着来了不到 5 分钟的儿子风驰电掣地离开。那一刻，老奶奶的眼神，从满怀期待到一点点变得无光。

老奶奶的隔壁，躺着一个女孩儿，她的爱人坐在她身边。两人滔滔不绝地一边聊着工作和各种八卦，一边像开茶话会般地吃着各种甜点和水果。

爱人一会儿跟她严肃地指点工作上要注意的问题和如何进行思路的调整，一会儿又开始唠叨她别总想着工作，要注意休息。

那一刻，女孩儿的眼睛里，闪烁着光芒，看不到任何病痛的痕迹，只有蓬头垢面却在爱人面前活蹦乱跳的真实幸福感。

病床上最能体验痛苦，也最容易感受到幸福吧？老奶奶的病痛或许远不如儿子的漠然带给她的痛苦之深；女孩儿的病痛早已被爱人的温暖消散。

以前觉得，只有在极端事件面前，才看得出一个人是不是爱你；而现在却越发感慨，一件再平淡不过的小事，已足够让我们冷暖自知。

最近几乎天天都要工作到凌晨 2 点，竟意外地发现已经一个半月没有写下任何文字了。不是抽不出一小时属于自己的时间，而是大脑和身体完全被工作占据。

那天出差回家飞机晚点，心心念念等着妈妈但又没等到的小瓜，给我留言说："妈妈，你回来晚了也没关系，但你要注意安全，然后不管多晚回来，都要记得在我枕头底下放一个万圣节礼物哦。"

写了一篇跑题的文章，就是想说，健康比什么都重要。

对现在的我们来说，健康不正等于幸福吗？健康等于很好地去爱我们身边的人，健康等于不拖累爱我们的人，健康等于有强大的能力去创造更美好的生活，健康等于喘不过来气的时候有大把时间可以去挥霍，健康等于尽情享受生活带给我们的每一刻温柔与感动。

拼命有时是种不好的习惯，为什么一定要拼命才会收获幸福？不如今天跟过去的自己做个告别：凡事可以继续allin，可但凡跟健康有冲突的，就远离！

为了健康，适当放缓脚步，沉淀一下，说不定会有惊喜……

 只为片刻纯粹的自由

有没有在被堵在路上只能盯着长龙般的车辆的无奈中，想过要逃离？又或者在拖着汗津津的衣衫在上下班的地铁上被一次次弹出来的绝望中，想过要逃离？

有没有在公司里、客户办公室里、家里、朋友圈里的各种复杂关系的角色转换中，想过要逃离？

有没有在蓬头垢面、单调乏味、一成不变、暗淡无光的日常中，想过要逃离？

有没有在辗转崎岖、荆棘密布、呼吸困难的赤裸现实中，想过要逃离？

有没有在麻木、冷淡、漠然的周而复始里，想过要逃离？

有没有在叛逆妒忌、算计猜疑、钩心斗角的无休无止里，想过要逃离？

也许你所谓的逃离只有一天，这一天你从上海去了苏州，只有 15 分钟高铁的车程，你在苏州吃了一碗面；

也许你所谓的逃离只有一周，你精心策划了一次徒步旅行，回来以后累到腿抽筋，倒头就睡；

也许你所谓的逃离只有一个月，你跋山涉水去了更远的地方，你仿佛记不起那座让你窒息的城市空气里弥漫的味道了。

旅行的意义，是我们用我们特有的方式，身处我们不那么熟悉的一个地方，寻找了一份自由，更换了一种心情。

我很肤浅地因为想要逃离北京的雾霾、流感和诸如病毒，所以带着小瓜来了场说走就走的旅行。

记得自己还是个孩子的时候（没有当妈妈之前的时光统统都是孩子般的时光），旅行前是从不看攻略的，就是到了一个地方，就顺着一条路一直走，有城堡就去探险，有教堂就去祷告，有酒吧就去喝一杯，有打折就去买买买，有演出就停下来疯狂，有巴士就跳上去坐在第二层，有阳光就尽情呼吸，有街头艺人悠扬的吉他声就闭上双眼沉醉一小时……

于是你会觉得眼前呈现的是无边的惊喜，有那么一点期待，多的却是出其不意。随性的旅行因为未知，所以所见所感即是恩赐。

而现在的旅行，却被赋予太多使命：要舒缓自己紧绷的工作状态，要带父母看世界，要带孩子感受自然，于是你会忍不住查攻略、列名单、提前计划好每一站你需要像完成作业一样去打卡的活动、勾勾画画你名单上已经完成的每一项任务，深怕自己因为疏忽而错过了什么。

不知道什么时候开始，你原本确实想要轻松自在的旅行，却被潜意识通知你短暂的假期很宝贵，你必须充分利用它，你得好好爱父母爱孩子，好好在这短暂的珍贵假期里为他们留下只属于你们的珍贵记忆，于是这段旅行不知不觉就变成计划行程打卡了。

想过要放轻松，想过要做出改变。

坐在直升机上俯瞰大堡礁，耳机阻挡了白噪声的干扰，风很大，小瓜在一旁大声问我："妈妈，为什么我们不可以现在跳下去和鲨鱼成为好朋友呢？"

阳光那么耀眼，天空那么湛蓝，海水五颜六色，那是珊瑚在水下的私语；时间可以停滞一会儿，我们忘记眼前的人、眼前的事儿，没有纠结过去，也不去幻想未来，就那么傻呆呆地沉浸在这五光十色里，那一刻，我们像个孩子。

以基隆为起点，沿着大洋路去发现每一个神奇的小镇，白色红顶的灯塔，沉浸在天空蔚蓝里，你心里的灯塔，是不是也一直都在某处，照着你的前路？

你不知道前方会看到什么，不知道哪个小镇的哪片海滩又或者哪片丛林会在哪里与你邂逅，视野辽阔，走走停停，没有时间没有空间，只有你被无限放空的心，和舍不得眨的眼睛。

哪有那么多任务要完成？哪有那么多使命要承载？

旅行的意义，是我们用我们特有的方式，留下我们生活、思考的足迹，然后继续出发。

 ## 你懒了，我就勤快了

你相信"人之初，性本善"吗？如果你相信，那么就也请相信你的孩子，相信在孩子的身体里，早已具备他想成为一个怎样的人的全部条件，只是需要时间来揭晓。

你懒了，孩子就勤快了

小瓜特别喜欢《弟子规》和《三字经》，而这偏偏是我最没兴趣的。我妈从小就重视对我在国学方面的教育，可不幸的是，我就是培养不起来这方面的兴趣。小瓜很神奇地实现了姥姥的愿望，甚至嫌弃我怎么不懂《弟子规》。而我就大方承认不会，还兴师动众地拜了小瓜为师。

从怀孕起我就一直跟小瓜讲英文营造语境。可直到小瓜从幼儿园学习了《弟子规》，回家跟我的一段对话，才让我懂得，是时候做个懒妈妈了。

小瓜："妈妈，《弟子规》用英文怎么说啊？"

我："妈妈不知道哎，因为《弟子规》《三字经》都是我们的文化，要有英文也应该是中文音译的。"

小瓜："我有了一个好办法：以后我们不讲英文了吧，因为中文真的太棒了太完美了！"

我："好啊！"

此后，我心安理得地成了一个懒妈妈，不用再为了创造什么语境持续三年多每天像机器一样只讲英文给小瓜。我尊重小瓜的选择，然后自己轻松了，小瓜也开心了。

故事的结局？现在的每一天，小瓜会很耐心地教我《弟子规》，给姥姥姥爷教英文……小瓜成了全家忙得不亦乐乎的小老师！

94 分的罪恶

我曾一直都是每天学习 18 小时以上的学霸，如果告诉你为了学习我得了腰椎间盘突出，让体重暴涨 40 斤，得了胃溃疡、神经衰弱，你会不会觉得很不真实？我却以此为乐。直到自己做了妈妈，审视自己的成长，比如，教育、自由和信任、管与不管……

初三的时候，妈妈要求我一定要数理化都必须考 100 分，妈妈认为这三门不考 100 分唯一的原因就是粗心。有一次，我数学考了 94 分，妈妈从晚上 9 点教育我直至凌晨 1 点多，主题就是：粗心会毁了人的一生。那事儿对于我的冲击，延续了很久。

直到现在，我也时常粗心，就是书上说的那种潜意识里的选择性粗心：认为重要的事儿，从不粗心，可是不那么重要的，就越发粗心，比如总是丢东西，比如走路常摔跤。

如果你怎样了我就爱你之类的命题，都是关于爱的伪命题；我相信你但是我还是很担心你的种种，都是关于信任的伪命题。

成为妈妈以后的我和妈妈聊过这个问题，妈妈很可爱地说："是啊，妈妈那个时候也是孩子，妈妈该懒一些，让你自己去解决自己的问题，甚至也许根本就不是问题。"比如粗心，比如贪玩，比如不自觉。

10 个单词的不孝

可能因为实在太爱简·奥斯汀和 Colin Firth，虽然我不是英文专业的，但我英文不错，以前能兼职做同传，做口译，写英文歌儿，作英文诗。

可我也有惨不忍睹的英语学习经历的童年。初中正式学习 ABC 前，妈妈给我请了个家教，教我和楼上楼下一共

4 个孩子。那个操方言口音的英文家教，每次课后会布置 10 个单词，下次检查。第二周上课，另外三个同学都背了单词，不但会读，还会拼写，而我，什么都不会。

妈妈仿佛整个人都塌陷了："连 10 个单词你都不背，你真的太不孝了！妈妈为你请老师，其他三个孩子陪练，结果人家都背了，你不背，你以后能做成什么大事儿呢？你以后英文差怎么出国读博士呢？你太让妈妈失望了！"

我仍旧继续没有背单词，其实直到现在也没有背过一个单词。感谢简·奥斯汀，让初二的我，第一次看到了 BBC1997 年版的《傲慢与偏见》，爱上了 ColinFirth。于是决定像偶像一样讲英文。在互联网不发达的那个年代，在疯狂英语风靡的那个年代，沉醉英式英语的我，只会用最简单的单词组半个句子的我，被妈妈认为不背单词不孝顺的我，每周末都跑去新华书店，买一盘当周最近的 BBCNEWS 的磁带，用随身听一遍遍地听，这个习惯，我从初二一直坚持到研二。这也是我坚持了最久的一个习惯。之后所有的英国电影，我都会去背里面喜欢的段落，并且无比享受这个过程。

59 分的赦免

初二第一次物理单元测验，我考了 59 分。那是第一次也是唯一一次，我偷偷模仿妈妈的签名交了卷子，并且暗自发誓以后一定要考 100 分。此后我拼命学习物理，竟然爱上了物理，爱到不可自拔，直到高考都保持物理满分的纪录。

不想聊这个过程是如何努力的，并且直到今天，妈妈也不知道这个 59 分的存在。倘若当初妈妈知道了，会是怎样的结果呢？

我们知道自己要什么，孩子也知道，多余的责备或者提醒，只是为了满足我们自己，而带给孩子更多的是不信任与怀疑。

早恋等于自我毁灭

从小胖乎乎的我长得可爱，妈妈就一直很担心会有追求者啊，早恋啊，爱慕虚荣讲究吃穿啊之类的事儿发生在我身上。于是，"早恋等于自我毁灭"这句话成了我成长的座右铭。这句话背后包括：不能早恋，不能讲究吃穿或者在乎自己的外表。

于是我的豆蔻年华、花季雨季，都是校服陪伴的，朴实无华，以至于我大三在香港交换的时候，觉悟到自己不能拖着 140 斤的庞大身躯被男孩子羡慕说 strong 的时候，竟然不知道该怎么买衣服，怎么搭配衣服，怎么能让自己看上去不像一个强壮的村姑。

这事儿每次和妈妈提起，她都会很骄傲地说："这年头，有几个姑娘能像你这般乖巧和难能可贵？"可是，我会给小瓜自由选择美追求美的童年或者少年，追求美没有错，但是如果他有一天意识到追求美会影响他成为他想要成为的那个人的时候，他自然会降低花在美上面的时间，而把时间分配在其他更有意义的事情上，这是他自己的选择。

正因为相信每个生命都是独立的，我们才有理由去放手；正因为相信人心向善的本能，我们才会原谅自己和孩子在成长中的过失；正因为相信自我修缮的本能，我们才会懂得给予孩子和自己空间，随时思考，随时调整，然后继续向前。

对于小瓜，我深信自己再操心也无力让他更努力更成功，或者说这种"更成功"并不是小瓜自己想要的。我正努力做个无为的妈妈，而不是别人眼中的妈妈。这种无为，也许会让小瓜不得不对自己负责。因为当小瓜自己去做一种选择的时候，他会审视自己的行为；如果无法控制自己的行为，错过些什么，他会自己去遗憾，并且憧憬那个他向往的样子，然后或者重新选择，或者继续努力。

这个时代的诱惑太多了，我们能为孩子做的，不是限制一切管理一切，不是拒绝内耗，而是让他们没有过多心理负担，懂得底线，懂得规则，有足够的时间和空间去感受成长。他们会知道，无论他们怎么样，都是可以被父母接纳的。于是他们的小宇宙就不会被分散能量，他们的小宇宙，像圣斗士星矢的一样，集中爆发在自我成长上。

 ## 不用去大理，也可以海阔天空

每个人都有属于自己的一片森林，
也许我们从来不曾去过，

但它一直在那里，总会在那里，

迷失的人迷失了，相逢的人会再相逢。

　　　　　　　　——《挪威的森林》

一位美若天仙的同事辞职了。和老公一起，飞回大理，归园田居。你们掰着手指精打细算房贷还了多少，孩子的私立学校和辅导班花了多少，房租如何涨价，老板和客户如何算计你，同事如何与你钩心斗角……而别人，就这么毅然从钢铁丛林，飞去了悠然山间。

我可以诗和远方啊，可我孩子的教育怎么办？

我好不容易从山里考出来苟延残喘到今天，难道我要让我的孩子再回去？

诗和远方刺激完多巴胺以后还是诗和远方吗？不还是赤裸裸的现实？

我回到家乡，只能赚现在的三分之一都不到，我连幻想远方的权利都没有了吧？

没错，我们想了那么多，那么理智，那么顾全大局，可是，我们还是不开心。

不开心的生活，没法不狂躁。

有没有觉得，我们对自己更苛刻了？工作要做到最好，妈妈要做到最好，伴侣要做到最好，子女要做到最好。我们怎么可能什么都做到最好？

有没有觉得，我们对孩子更苛刻了？孩子要学这学那，别人会的孩子也要会，多会背了几首诗多学了几个数字多认了几个字母你都记得清，仿佛看守犯人一般。你要自由，却剥夺了孩子的自由。

有没有觉得，我们对世界好像也更苛刻了？时常在地铁上、街道上，遇见一言不合就大打出手的上班族，夹杂着唾液与愤怒，和首都的红砖青瓦格格不入。

既来之则安之，都是你自己的选择。

一个哥伦比亚大学毕业的同学创业做量化，天天被各种政策限制。结果爸爸身患重病，他毅然放下手头的事儿去接替爸爸在家乡的工程生意，女友也在此事中和他患难见真情，日子越来越好。

　　爱极了老上海法国梧桐下羊肠小路的昏黄灯光，梦里都会闻到新华路上棉花酒吧里玉米片配玛格丽特的香气。可写下这些文字的时候，我正在西二环爽快地吸着雾霾，早餐也从生煎配雪菜肉丝大排面，变成了那神一样的叫作"双夹"的"Beijing Sandwich"的存在。美好的一天，从双夹配豆浆开始。

　　奋斗中的成长，是诗和远方。

　　记忆中小院儿里存钱的大婶儿，到了现在还在存钱，一辈子都在存钱，从没见她更富有，或者用她一辈子存的钱让自己更开心。

　　生活可能确实没法在短期内发生质变，但日子还得继续。为自己的每一点滴成长而欢呼雀跃；累了就犒劳自己一下；喜欢做饭就做自己的主厨，不喜欢就叫外卖，偶尔地吃一次地沟油也无妨；听听音乐，读读书；和孩子尽情地过个周末；和爱人无所顾忌地紧紧相拥；和自己安静地对话，听心底的声音。

仪式感，是让今天和昨天不同，让此刻和之前的任何时刻都不同。

心辽阔了，日子绚烂了，你会安心；

你安心了，就会开心；

你开心了，不用去大理，也可以海阔天空。

 做不做减法，你说了算

我不觉得人的心智成熟，是越来越宽容，越来越涵盖，什么都可以接受。相反，我觉得那应该是一个逐渐剔除的过程，知道自己最重要的是什么，知道不重要的东西是什么。
——《阿甘正传》

周末去看导师，清华的银杏叶竟提前地黄了。于是思绪游离到了家里小院儿的那棵两个人才能合抱的银杏树。下个月底，是不是院子里就会铺满金黄的落叶？我和小瓜是不是就可以尽情地在上面打滚、嬉戏、欢腾？期待着金黄的灿烂，便不再害怕凛冬将至的严寒。

本以为导师会跟我讲他近日的各种自然基金项目啊，论文啊，写书计划啊，可导师就一句：我开始给我的生活做减法了，从剔除所有我认为不重要的东西开始。老师不再招收新的博士生，学校参与评审的各种研究课题也不再做了，只潜心去研究自己感兴趣的一小块东西。

记得读书的时候，导师每天6点到学校开始一天的研究，过年都在办公室写书，而现在，他的脸上，是平静的、淡淡的微笑。做了减法，研究照旧，只是，这些研究对于自己更有意义了，无关于别人希望怎样，无关乎生活应该怎样。

一个挚友，一直保持微信不超过40个联系人、手机通信录不超过80个联系人的社交习惯。他说经常不联系你的朋友数量决定你的人脉广度的说法是谬论。

而事实上，这位挚友，要经营自己的公司，每天有无数事情要处理，有各种人要见，可他的生活就是那么简简单单，不敷衍于应酬，不委屈任何属于自己学习和思考的时间。他说自己能够驾驭的就那么些东西，太多了，就是用来炫耀了。

有资格做减法，才是真正值得炫耀。

导师之所以有资格做减法，是因为他已经是终身教授了。我亲眼见证了导师从副教授成为教授的夜以继日，不仅仅是头悬梁锥刺股的苦，还有太多斗争和无奈。导师因此失去了和家人在一起的时间，错过了女儿的成长，就连父亲最后去世也没有陪在身边。

导师有资格做减法，是因为他已经是他的研究领域在中国的第一人，他可以任性地不再收学生，不再为了面子去应付校领导给他的功课，他的学术成就，让他终究有了选择任何他想要选择的研究的自由，让他终究可以按照自己的方式去工作、去生活。

导师说他身边那些刚刚当上合同制讲师的同事，因为发不出论文抑郁，因为论文数量不够而被劝退，他们除了拼命做实验、读文献、搞数据，没有别的选择。

其实，当你有资格给生活做减法的时候，你已经是相当了不起的自己了。

那么，疲于奔命的我们怎么办呢？

既然没有资格那么潇洒地去拒绝任何可能让我们的生活、我们自己、我们的孩子变得更好的机会，既然深知 100 倍的努力总会换来那一份的收获，那么就不顾一切地去努力吧。

只是在这段努力的路上，如果我们没有退路没有选择，那就不放弃一切机会；如果我们还有些选择有些退路，那么就来排一排权重：

我想要什么？对我来说什么最重要？对我来说什么无关紧要？

有个姐妹，是单亲妈妈，自己工作养活孩子，还要读博士，但是她不觉得那么累，她觉得结束错误的婚姻就是最直接降低内耗的减法，她很满足现在的生活状态；还有一个姐妹，为了给生活做减法，辞去工作，成了全职太太，可是每天都好忧伤，觉得累得透不过气，觉得失去太多，怨天尤人。

其实，你的生活简单与否快乐与否，你做完减法以后

的状态好坏，都是由你自己定义的。你学着别人做减法，然后患得患失——在做任何决定之前，先安安静静地聆听心底的声音。

心智的成熟，是一个逐渐剔除的过程。剔除过去的，剔除错误的，剔除伤害的，剔除复杂的，剔除自己不再认为是重要的。

加法还是减法，快乐还是悲伤，都是由自己定义的。

 让我们红尘做伴，相依相累

世界很大

还记得一对白领夫妻，双双辞去还算体面的工作，开始了环游世界的旅行，走到一处，记录一处，感悟一处，然后把这一切分享出来：阳光、沙滩、冰川、古城、森林、峭壁……朋友圈里，大家看得羡慕不已。

闭上眼睛，两个相爱的人，一起背着行囊，去这大大的世界的任何一个角落。每天，飘在空气里的味道都是不同的，你不知道在哪里、在何时，就会邂逅惊喜的风景，抑或境遇。

北京寒风凛冽，他们在享受空气里的甜沁；上海 38 天连续梅雨，他们在找寻爱情的小花儿；你为了申请预算开会挨骂的时候，他们在城堡脚下背靠着背看夕阳；你不得不卷的时候，他们正踏着千与千寻的小路，蜿蜒，沉淀。

世界很大，和你有什么关系呢

年轻的时候总会被这种情景感动到：一个金融行业高级白领，又或者一对中产夫妻，辞去北京或上海金光闪闪的工作,回到家乡,装饰了小院儿: 种菜、养花、琴棋书画……过着归园田居、无欲无求的生活。吃的都是自给自足的，家都是自己动手装饰的；破烂不堪的四合院，一下子成了文青们的最佳聚会场所；孩子无忧无虑地在田间奔跑，没有学区房的压力，不需要去各种辅导班，不会和任何人比较，最大限度实现孩子与自然的亲密联结、释放孩子的天性；夫妻间因为没有了世俗的影响，从此远离尘嚣，远离压力，远离算计，远离公婆，远离抑郁，远离焦躁，远离铜臭……远离和现实有关的一切。

于是朋友圈开始疯转那些世外桃源般的照片——在山巅、在田间、在云端、在路上、在诗中、在梦里，在滤镜的渲染下，让大家感慨——世界这么大，眼前的苟且算什么？这才是我们想要的生活！我们要放飞自我，过我们应该过的生活。

可毕竟，朋友圈转发的，都是"别人的故事"。

世界很大，和你有什么关系呢？

世界那么小

世界再大，对你来说，只是那么小小的一块儿：可能就是月坛大厦到百万庄大街 15 分钟上下班的距离；可能就是从你家到孩子乐高班的几站地儿；可能就是一个规划、一份 PPT、一份报表；可能就是从公司到菜市场或者超市路上的落叶景致；可能就是一两生煎，或者一个鸡蛋灌饼、一杯豆浆开启的每一个清晨。

世界再大，你走过再多的路、欣赏过再多的风景，你还是要回到那个属于你的小世界，只是视角不同。

你的心那么大，世界那么小，小到它就是你的每一天，以及你不得不拥抱的现实点滴。

不去想自由，反而更轻松

生活只是被渲染过的图片吗？生活就那么赤裸裸地眷顾着我们，试炼着我们。"相依相累"，降低彼此对生活的预期，却始终保持对自己的预期；不造作，不矫情，就那么真真实实地面对你应该或者不应该、愿意或者不愿意面对的生活。

我们逃离不了生活的 360 度，可至少，我们可以直面现实，越是不去期待现实中那些触不可及的诗和远方，越是对现实更加释然和包容。

回到地球表面，回到你自己的世界，包容它，也是包容你自己。

第四章

爱，在爱中满足

孩子、爱人、家人……我们在有限的给予中，吮吸着无限的快乐；我们在无限的爱中，汲取着无与伦比的力量。对爱人，细水深流爱得纯粹；对孩子，无条件爱得深沉；对家人，凡事必有回应，爱得有担当。

 ## 你好，爱情

想写爱情，写得很美很美那种。

夏天，在炙热丰盈的阳光里，穿着长裙，踩着高跟鞋，亲吻，拥抱。阳光的味道夹杂着水蒸气的腥气，欣欣然的，钻进敞开着的毛孔里。

放学后的小瓜，和朋友们一起，去学校旁的河边玩耍。几个男孩子，就不顾一切地往前跑，路上捡起树枝捡起小花捡起树叶，接着奔跑，就那么一直往前跑，你追我赶。这美妙的感觉，竟让我想到了爱情：不需要结果，不在乎终点，不制定目标，就一起，就那么往前跑，微笑着，纯粹着，享受着微风，一起，奔跑。

小时候，觉得爱情就是一辈子遇见一个人，他骑着白马来接你，从此你们幸福地生活在一起 300 年。后来，遇见了一些人，错过了一些人，才发现没有王子，自己也不

是公主。而爱情，成了或许没有期待才会幸福的期许。

爱情被附加了太多没有意思的条件，达不到条件的就出局；又或者好不容易达到了条件，却被现实的"不得不"捆绑得让人窒息。爱情那么小，小到只够容纳得下两个人，却被塞进了一大堆不得已。哪儿有那么多不得已？如果真的不得已，如果真的没选择，倒不如腾出地方，让爱情安安静静地离开，远去，直到消失在目光残存的清澈里。

可我眼中的爱情，就是小瓜那样酣畅淋漓的奔跑呀。两个人，迎着不那么刺眼的落日余晖，迎着温柔的橘色的清新晨光，迎着微风；两个人，奔跑着，不需要手牵着手来束缚彼此，不需要肩并着肩来约定彼此，不需要你追我赶来压制彼此；两个人，只需要一起往前跑，看见有趣儿的东西就停下来，累了就歇会儿，之后接着往前跑，我慢了就快跑两步追上你，你慢了就加点儿速赶上我，我们一起又各自地奔跑着，本能地、轻松地领略着奔跑本身的快乐又或者沿途可能被我们忽略了的风景。

爱情有的，只是现在。现在的你，是不是想要钻进他的怀里？现在的你，是不是和他一起，经历着波澜与涟漪？现在的你，是不是在想他，想要告诉他"我爱你"？现在的你，是不是和他牵着手走在路上，他微笑的样子，就是最美的风景。

　　爱情有的，只是现在。现在的你们，就是爱情最好的模样吧：没有约定，没有期许，没有失望，没有束缚，没有不得已。纯粹的，简单的，自由的，欢乐的，迎着风，一起奔跑。你回眸，我便离你一个转身的距离。

　　你的眼神里是光，光里是永恒的温柔——温柔，是你最爱我的模样。

 因为我没有爸爸，所以……

　　我一直试图做个无限温柔、可爱、民主的好妈妈，秉持着无条件爱小瓜的思想原则，在自以为很懂孩子的乐园里遨游了五年，结果，今天，因为"我没有爸爸"这句话，我的人设崩塌了。

　　今天晚上拖着疲惫的身体下班回家，见到可爱到爆的小瓜刚要上去使劲儿抱着他，他却不问我冷不冷累不累，直接来了一句："我的礼物呢？"

礼物？之前是因为工作原因每周都要出差，于是出差回来一定给他带礼物。结果慢慢就变成，只要上班回家晚了，都要有礼物，作为我不能陪伴在他身边的补偿。

我突然意识到这个问题有点严重，于是打开宇宙好妈妈模式开始谈话。

"小瓜，妈妈说过，礼物不是天天有的，以后只有节日和生日才有礼物好不好？"

"不好，你这个笨蛋！"

第一次被孩子叫笨蛋，我蒙了。可不是吗？孩子没礼貌，人家骂的都是妈，更何况，这次没礼貌是对待自己的亲妈。

"小瓜，你知道你这样说很不礼貌吗？"

"我知道呀，可是你不买礼物你就是笨蛋！"

"好吧，既然我是笨蛋，那么接下来你生日的礼物也取消了。"

"不可以取消，因为我没有爸爸，所以我需要天天收到礼物！"

我彻底崩塌。

"我没有爸爸"这句话是个撒手锏，但凡小瓜说出这句话，我都会无所适从，然后深深陷入无法给他父亲这个角色的强烈自责中。

因为没有爸爸，所以要买很多乐高来弥补；因为没有爸爸，我百倍呵护疼爱他，让他无时无刻不感受到温暖；因为没有爸爸，我需要像机器一样去拼命，给予他更好的生活；因为没有爸爸，有一些小错误我是不会跟他急的；因为没有爸爸，我爸妈帮我带孩子，累出一身病。

可是，这不该是他威胁我的理由。

心里堵得慌，尽量保持理智地咨询了一位专家朋友。他说孩子说出"没有爸爸"来威胁我，不是因为他真的知道这句话对他或者对我真正的意义，而是就像条件反射一般，因为他观察到以前每次谈论这个问题我都显得很痛苦难过，那么在他犯错误为自己辩解，或者需要满足一些不合理需求的时候，就会将这个问题再次搬出。

这事儿错在我。

对"我没有爸爸"这个问题极度敏感的人，是我自己。

我曾用了一年多时间，各种举例子摆事实，让小瓜知道这个世界本就不完美。结果当小瓜终于懵懵懂懂接受了世界的不完美时，我却不淡定了，内心脆弱起来。有一次，幼儿园老师深夜给我发微信，提及小瓜没有爸爸的问题，我活活哭了一夜，因为无奈，所以亏欠。

其实，这些焦虑、这些脆弱、这些眼泪，这些"亏欠感"，都被小瓜看在眼里，于是就有了以"我没有爸爸"为由来要求每天收到礼物这件事。

该放手、该释怀、该改变的人，是我。

我需要让小瓜知道，每一件礼物，都是妈妈辛苦工作得来的，都是工厂叔叔阿姨辛苦制造出来的，都是设计师精心设计出来的，都是需要被珍惜、被爱护的。

我需要让小瓜知道，妈妈没有义务给予你这一切，即便妈妈对你的爱是无条件的，即便妈妈爱你只因为你是妈妈的小瓜，你需要懂得感恩。

我需要让小瓜知道，这个世界上，没有谁会因为你"没有爸爸"而给予你任何特殊的优待和补偿，妈妈也一样，但是妈妈会陪着你，一起走过这些成长路上不得不经历的不完美。

我需要让小瓜知道，你会长大，会成为一个独立的、真正的男人，一个顶天立地的男人。

以前引用过一首诗，这里想再读一遍，激励自己，也送给小瓜。为了纪念我终于决定勇敢并释怀地带着小瓜，狠狠甩掉所谓的"我没有爸爸"的包袱，轻松地生活、轻松地前行。

If — Rudyard Kipling
如果 —— 拉迪亚德·吉卜林

If you can keep your head when all about you are losing theirs and blaming it on you,

如果周围的人毫无理性地向你发难，你仍能镇定自若保持冷静；

If you can trust yourself when all men doubt you,
But make allowance for their doubting too，

如果众人对你心存猜忌，你仍能自信如常并认为他们的猜忌情有可原；

If you can wait and not be tired by waiting,

如果你肯耐心等待不急不躁，

Or, being lied about, don't deal in lies,

或遭人诽谤却不以牙还牙；

Or, being hated, don't give way to hating,

或遭人憎恨却不以恶报恶；

And yet don't look too good, nor talk too wise,

既不装腔作势，亦不气盛趾高；

If you can dream – and not make dreams your master，

如果你有梦想，而又不为梦主宰；

If you can think – and not make thoughts your aim，

如果你有神思，而又不走火入魔；

If you can meet with triumph and disaster and treat those two impostors just the same，

如果你坦然面对胜利和灾难，对虚渺的胜负荣辱胸怀旷荡；

If you can bear to hear the truth you've spoken twisted by knaves to make a trap for fools，

如果你能忍受这样的无赖，歪曲你的口吐真言蒙骗笨汉；

Or watch the things you gave your life to broken，
And stoop and build 'em up with worn–out tools，

或看着心血铸就的事业崩溃，仍能忍辱负重脚踏实地重新攀登；

If you can make one heap of all your winnings and risk it on one turn of pitch-and-toss,

如果你敢把取得的一切胜利，为了更崇高的目标孤注一掷，

And lose, and start again at your beginnings and never breathe a word about your loss,

面临失去，决心从头再来而绝口不提自己的损失；

If you can force your heart and nerve and sinew to serve your turn long after they are gone,

如果人们早已离你而去，你仍能坚守阵地奋力前驱，

And so hold on when there is nothing in you except the Will which says to them:"Hold on",

身上已一无所有，唯存意志在高喊"顶住"；

If you can talk with crowds and keep your virtue,

如果你跟平民交谈而不变谦虚之态，

Or walk with kings - nor lose the common touch,

抑或与王侯散步而不露谄媚之颜；

If neither foes nor loving friends can hurt you，

如果敌友都无法对你造成伤害；

If all men count with you, but none too much;

如果众人对你信赖有加却不过分依赖；

If you can fill the unforgiving minute with sixty seconds'
worth of distance run，

如果你能惜时如金利用每一分钟不可追回的光阴，

Yours is the Earth and everything that's in it,

那么，你的修为就会如天地般博大，并拥有了属于自
己的世界，

And − which is more − you'll be a Man my son!

更重要的是：孩子，你成了真正顶天立地之人！

 你好，爱人

"妈妈，谢谢你，早晨我起床没睡够心情很不好，谢谢你没理我，让我一个人待着，现在我好了，可以和你聊天了。"小瓜的"感谢"，让我想要写点什么，关于亲密关系。

听着阿黛尔的《Easy on Me》，回想上一次她失去爱人，写了《Someone Like You》。2011 年圣诞节前夕，伦敦的天在下午 3 点半的样子就黑透了，风雨交加，坐在地铁站到学校公寓的接驳车上，"Heart"电台里那句"I wish nothing but the best for you"，让我记住了这个用生命唱歌的女孩儿。这 10 年，格莱美奖，嫁给爱的人，做了妈妈，声带受损，被父亲折磨，被爱人抛弃，不再唱歌，成为单亲妈妈，减重 90 斤，重新回归。她得到，她失去，她还是她自己。

在亲密关系里，你唯一不能丢掉的，是自己。阿黛尔退出歌坛，去做个好妻子、好妈妈，却让丈夫和她渐行渐远，越想要什么，越是得不到。阿黛尔并没有因为自己的牺牲换来自己想要的婚姻生活，如今的她，减重 90 斤，用阿黛尔的话说就是"这是有钱人的游戏。我这两年每天什么也不需要做，不需要经营婚姻，不需要工作，不需要唱歌，那我就健身吧"。她坦承地面对自己，但没有强制给自己康复的期限，她开始聆听自己内心的声音，她开始做回她自己。于是两年时间，她慢慢地变美了，她写出了新歌，她闪亮亮地回归了舞台。没人在乎她经历过或者仍旧经历着什么，人们只知道，她是阿黛尔，她回来了。

某电视台刚收官的"再见爱人"，讲述了三对走在离婚边缘的夫妻重新审视自己以及和对方关系的故事。意外地发现，最后在一起的，不是他们之间的问题已经得到本质解决或者双方有多完美，而是他们懂得了一个或许我们每个人都不愿承认的道理：再亲密的关系，我们也会做好随时离开的准备。是的，两个人，在婚姻里，都有随时可以离开的自由，正因为爱，才要赋予自己和对方这样的权利和自由；正因为做好了随时可以离开的准备，才不会赋予这段关系远超彼此承受能力的意义，才不会过分束缚对方，才会客观地站在对方的角度去思考，不突破边界，不争论对错，不计较得失。

最好的亲密关系，是建立在自由基础上的吧。我们在一起，是因为我们选择在一起，而不是我们可在一起，也可不在一起；更不是我们为了摆脱单身摆脱寂寞的不得不在一起。安全感，是自己给予自己的，越是有离开的自由，你就越会在一段亲密关系中感到安全，也越会在这段关系中得到尊重。当然所谓离开的自由，也是以不断升级自己、迭代自己为前提的。最悲哀的亲密关系莫过于那种你一百个说他不好，却不愿承认自己离开了他在这个社会里连活下去的能力都不具备的事实。自由，是你以任何形式，活出你想要的样子。

自由，是你不会打着"三观相投"的旗号强制对方和你同步，是你不会要求对方按照你希望的框架去过他根本不舒服的生活。一个好姐妹，和男友异地恋三年，依旧如胶似漆、相敬如宾。我问她这段美好亲密关系的秘诀是什么，她说："我俩都知道因为残酷的客观现实我们有可能最后没法在一起，所以我们格外珍惜现在在一起的每一天。我们可能兴趣和生活方式也不尽相同，但那又怎样呢？他会工作很长时间，他工作的时候，我就陪着他，有时候我坐在他对面做我的工作，有时候我在他身边睡着了，有时候我在他身边为他准备下午茶，有时候他会偶尔抬起头和我八卦圈儿里的事儿，有时候他会走过来亲吻我的额头……我们在同一个小窝里，相互陪伴着，做着我们各自的事情，但这段经历是共同的，我们从不要求对方必须和自己一样，我们就这样舒服地陪伴彼此；我因为崇拜他而爱上他，三年了，我发现当我走近他，我竟更加崇拜他了，我一边享受着这份对他的崇拜和欣赏，一边不断提醒自己：你也要用心努力、闪闪发光呀。"

上海依旧阴雨绵绵，踏上骑士靴，套上蓝色格子厚外套，和小瓜、大黑在湿漉漉的草坪上玩起了老鹰捉小鸡的游戏，空气里依旧是甜甜的桂花香，这香气，飘进心里，甜在我的嘴角上。

今天的北京，迎来了入冬第一场雪。朋友圈里没人再发故宫的初雪，却更多地分享了家门口斑斓的落叶。想念三里河的银杏，和爱的人手牵着手走在落叶不知秋的路上，寒风瑟瑟，掌心相扣，家的暖光即是灯塔。

 写给大黑

它叫大黑，一只憨厚的黑色拉布拉多，10个月的男狗狗。

当初来家里，是妈妈希望有个伙伴可以陪伴小瓜一起长大，可是爸爸坚决不同意，于是家里上演了每天为了大黑的去留而争论的一幕幕。

大黑两个月的时候，因为打疫苗后缺水，肾衰竭，差点离开我们，幼小的它，躺在病床上一动也不动，连续三天，就这么挺过来了。从那以后，家里的争论少了一些。后来在大黑还不到四个月的时候，我送弱不禁风的它去了狗学校接受系统化的训练，一个多月的训练回来，大黑真正开始了作为我们家庭成员的生活。

它很温柔，温柔到让人怀疑它到底是不是一只狗狗。它从不叫，不论对人还是对狗。它没有起床气，不管什么时候，你路过它的房间，又或者叫它的名字，睡得四脚朝天忘乎所以的它，就会闪电般坐起来，靠过来温柔地舔你，看着你，等你走了，他再继续四脚朝天。

大黑的教练说，狗狗和人一样，需要学会独处，只有享受独处的时光，享受孤单，才不会成为主人的负担。当主人关心它陪伴它喂养它的时候，它会很快乐；当主人忙得顾不上它的时候，它也会岁月静好。

有时候我在想，我们又何尝不是这样呢？首先，静心采气，学会和自己相处，学会在孤单中思考，学会一个人面对所有问题。然后，你会遇见一个人，你慢慢地喜欢他、爱上他、依恋他、离不开他，你用你的温暖来温暖他、珍惜他……但你从不会限制他，更不会要求他，因为你深知最亲密的关系是相濡以沫却又各自安好。这是在我看来最舒服的爱情了：有爱，有信任，有依赖，却少了那些不必要的负担、那些不切实际的期许，又或者那些理所当然。

你会被他简单的世界深深吸进去，和他一起相信这份简单。记得忠犬八公在教授去世后的几年里每天风雨无阻地去车站等他，直到生命尽头，这世上，或许只有狗狗的"我等你"才是身体力行的海誓山盟吧。

如果你的每一天都有一个人，安安静静在家里等你，不论什么时候，不论世界多纷杂，不论你拖着疲惫、沮丧、委屈，还是欢乐、欣喜、期待……这个人，都在等你。你累了，他陪你一起不说话；你委屈了，他把你抱在怀里；你欣喜若狂，他和你一起蹦蹦跳跳；你满心期待，他和你一起畅想未来；或者你根本没有任何情绪，只是需要继续工作，他就安静地一边做自己的事情，一边陪着你工作……你开始习惯、慢慢依恋他的等待；而他，在这份一如既往

的等待里，寂静、欢喜。

写大黑，却又好像写爱情。在被一只狗狗的温柔、信任和执着紧紧包裹的时候，突然想要做更加温柔的自己，温柔地面对自己，温柔地面对世界。

 请在我怀里，做个小孩

妈妈，节日快乐。

7 岁的时候我就穿不上你的连衣裙了，你做梦都想不到，纤细优雅、婀娜多姿的你，竟生出了一个巨人，你说这叫"惊喜"。

下楼倒垃圾历时 5 分钟的你，要在出门前化妆 20 分钟，你说这叫"态度"。

外出，毫无方向感的你会把自己丢掉，离开老爸你完全不能自理，你说这叫"小鸟依人"。

我和初恋分手的时候，你哭到山崩地裂，比我还舍不得他的人是你；哭完你却说："恋爱就是练习啊，不谈个十个八个你怎么知道自己要什么样的，我舍不得是因为我女儿的初恋梦破碎了，但你该欢呼雀跃。"……你总刷新我的三观。

我的第一件露背吊带短裙是你买给我然后逼迫我穿的，当时我不敢出门不会走路，你说女孩子最美的期待，是夏天啊。

第一次喝酒、第一次蹦迪、第一次去酒吧、第一次旅行都是你带我去的，你说这样男生以后再约我出去的时候，我不会因为"没去过、想尝试"而约会。

我和老爸不在你身边的每个情人节，你都美美的，约着姐妹去旅行、去看电影、去享受美食，你说一个人也要把日子过成诗。

不会做饭的你，为了小瓜和我，先是虚心做我徒弟，慢慢地就成了家里的大厨，你说只要有爱、有心，没有什么事情是做不好的。

我的成长，不论深陷怎样的荆棘，你那句"坏事一定会变好事的"成了我的信仰，所以我才会这么乐观坚强吧？

娇小的你，在毁灭性灾难来临的时候，紧紧抱着无助恐慌的我，用你的体温让我知道"人在就可以了，其他什么都不重要"。你有一种神奇的魔力，会让我在崩溃的瞬间被救赎。

都说原生家庭仿佛原罪，你的父母在你的童年记忆里完全缺失，可你依然那么阳光灿烂，你把满满的爱给了你的孩子和丈夫，并且你坚持要做最美的妈妈、最美的妻子、最美的自己。

你记得吗？我怀着小瓜得阑尾炎的时候，挺着大肚子，每天去医院输液，你在我的身边，温柔淡定地看着我，告诉我一切都会好的。孕 28 周那天我们虔诚地祷告，因为小瓜存活的可能性更大了；孕 39 周我们抱在一起大哭了一场，感觉每一天都是上帝恩赐给我们的。其实你的头发在我孕期白了三分之二，你偷偷染成板栗色，你说这样看起来比黑色时尚。

在我 937(996着实对当时的我来说是不可能拥有的奢望)

日复一日疲于奔命的苟且里，凌晨 3 点半拖着行尸走肉般的身体回家，你端着一碗红烧肉说"吃一口不会胖的吧"，于是我们一边大快朵颐，你一边听我讲今天的各种事儿，多晚你都会听我口若悬河，我一会儿哭一会儿笑，你就那么津津有味地听着……黑夜就这么有了星辰。

我知道，不论我去哪里，不论我正经历着什么，有一个人在等我，比闺密还闺密，比情人还情人，比挚友还挚友——我们一起经历的人生，是喜怒哀乐交织的不完美却无与伦比的人生。

在我的记忆里，你一直都是那个半夜追琼瑶剧泪流成河的小女生；在我的眼里，你一直都是那个不论发生什么都始终坚定始终乐观始终冷静又满腹远见的大女人；在我的心里，你一直都是那个可以跟我一起聊八卦、聊日常、聊工作、聊男人、聊远方的无所不谈的好姐妹；在我的世界里，你是唯一一个对我不离不弃的，无条件挺我的、爱我的好母亲。于是你让我本能地也成为一个还不算糟糕的母亲，延续着爱在爱中的又一份满足。

从我读本科起，你说以后每个母亲节，你都要一个证做礼物，然后我考了好多证，考到没啥可考的了，就在研

二的时候考了个驾照作为最后一个我能考的证送给你。而今天，我安静地、心怀感恩地写下这些文字，只想对你说：嘿，成为你的女儿，是让我觉得最幸运的一件事情。

妈妈，让我宠你，让我疼你，让我爱你。现在，请在我怀里，做个小孩……

 ## Hey, 情人节快乐

今天下楼倒垃圾，看见门卫大爷的桌上横放着一枝炽红的玫瑰，他在写信。"情人节好呀！"我忍不住去问候他。他笑弯弯着眼睛和我挥着手，"写给我老婆的，下班把玫瑰花一起带回家给她，她很喜欢浪漫的"。

被口罩包裹得严严实实的我，鼻子酸酸的——Hey，情人节快乐。

小时候觉得情人节一定要有玫瑰和巧克力，要有烛光晚餐。现在越发觉得，仪式感都是可以因地制宜的，情人节真正需要的，是一个人带给你的踏实感觉。那种感觉，是他给予你的偏爱，是你感受到的宠爱；那种感觉，是你望着挂满彩虹的自由天空，静静依偎着他，无须多言；那种感觉，是你们四目相望，会心一笑，世界都在对方的眼睛里。

基督教徒为了纪念瓦伦丁的正义坦诚，把每年 2 月 14 日定为圣瓦伦丁节，也叫情人节。而我想在这一天要结束之际，书写身边的美好爱情，告诉此刻的你：不要难过，不要担心，好好珍惜并享受你正在经历或者期待经历爱与被爱的每一天。

Hey，情人节快乐。

他没有甜言蜜语，你陷入困境的时候，第一个站出来的总是他，不论他在哪里。他总会告诉你，"别怕，有我呢"。于是，你因为他变得更安静，你的生活也因为他，变得缓慢、有力、满富仪式感。

对他来说，世上没有难题，只有解决办法；实在蹚不过去的，那就绕过去。你遇到困难或者委屈偷偷掉眼泪的时候，他已经在帮你想办法了。他会让你觉得，什么都没你想的那么大不了。

他还是你的老师，不厌其烦地教你很多事情。或许在别人看来，你是一头随时可以去跟暴风雨对抗的狮子；可是在他看来，你只是个孩子，需要被保护，需要被照顾，需要他在生活、工作的大大小小的事情中陪着你，陪着你长大，又或者你在他这里，永远就不需要长大——你就是你。

他会赋予你只有你们之间才会懂的简单与默契，让你有信心，当故事并没有如你期待那样发生的时候，始终坚定，始终相信，承认你们在一起的不完美，拥抱只属于你们的真诚而真实的幸福点滴。

他在你这里，浑身都发着光，你更喜欢仰视着他。他思维比嘴巴敏锐，思想比外表丰满，文笔比话语精彩；他望着你时那温柔而坚定的眼神，定格在你的脑海里；他总是紧紧牵着你的手，怕你丢了；他每每想到你的时候都会笑，那笑容是冬日的暖阳。

他有时也会像孩子一样想要钻进你的怀里，于是你们会开始彼此之间的能量交换。他来，你往；他说，你听——你感受着他最柔软的一面，你小心翼翼地把它们装进心里，用你最温柔坚定的力量告诉他："别怕，有我呢。"

爱情是一场奇妙的化学反应。或许起初的催化剂是多巴胺，可是日子久了，你们欣赏彼此身上那永远在闪闪发光的一面，会让你们越久越相爱，越久越分不开。于是，短暂的分离成了爱的感恩与沉淀，柴米油盐仿佛奥斯陆大教堂里的深情拥吻让彼此回味。

对瓦伦丁来说，情人节，是他写给心爱女孩儿的最后一封情书；对平凡的你我来说，情人节，是一个人带给你的踏实感受。这种感受，让人安心，使你开心；这种感受，成就了更好的你和你们。

Hey，情人节快乐！

 Colin Firth: 谢谢你选择不原谅

他是《傲慢与偏见》里洋洋洒洒的达西先；

他是《国王的演讲》里战胜口吃与内心恐惧的艾伯特王子；

他是《王牌特工》里机器猫般金光闪闪的哈里·哈特……

第一次在荧屏里见到他，我 12 岁，打开中央八套，那是 BBC 版《傲慢与偏见》的首映。Darcy 穿着白色衬衫湿漉漉地穿过城堡前那条河向不知所措的 Lizzie 问了一声"Goodday"，而我因 Darcy 得体的举止、笃定的眼神和迷人的 British accent 而深深地沦陷了。

那时候读初一，刚开始学英文，为了能听懂他在说什么，为了能离男神更近，才开始生硬地学音标的我，开启了美好的英文之旅：《傲慢与偏见》看了 15 遍，每周去新华书店买一盘 BBC NEWS 的磁带，听坏了两个 Sony Walkman，不可自拔地沉浸在追随他的自我满足里。

这期间他所有的电影，我都会看五遍以上，一遍遍复述着他的台词，然后背下来——这件事情，持续了 14 年，直到研究生毕业，我去了他的城市继续读书，离他更近，也习惯了他带给我的内心丰腴——这来自男神的力量，潜移默化地融进了我年少至今的生活里，成为一种自然而然的习惯，也让这平凡的生活不再平凡。

几天前，他和他深爱了 22 年的妻子 Livia 分手了。从

2015 年 Livia 公开跟她意大利的记者"朋友"给 Colin 戴绿帽子开始，Colin 坚持了 4 年，并且于公开场合真诚地维护 Livia 的全部利益。媒体总是同情他，认为他痴情、专注，却又不被珍惜。

可是，我的男神，不需要被同情。22 年的每一个时刻，他都是与他唯一挚爱的人一起分享的：拿到奥斯卡小金人后他做的第一件事情，就是下场去亲吻她；像《真爱至上》里他饰演的 Jamie 一样，他为了 Livia 学习意大利语，并获得英国和意大利双重国籍以给予 Livia 归属感；他的坚持与执着，不是为了被同情，他在用自己的方式追随自己的内心——对他挚爱的人，对他热爱的生活。

有爱人在身边的每一个重要时刻，是幸福的，正如快乐可以被分享，悲伤可以被抑制。Colin 享受这样的幸福，珍惜这样的幸福；同时，2015 年起至今的每一天，他都抑制着自己不被珍惜的痛苦。

珍惜说来简单，但其实是一个人看世界的角度。昨晚陪小瓜读书，书里讲到一只小兔子，他觉得自己精心装修过的房子太小了，还需要再大一些，于是他跑去找聪明的猫头鹰先生帮他想办法。猫头鹰先生让他把全村的小兔子都邀请去家里和他讨论，结果家里变得很挤。小兔子无法思考，又跑来找猫头鹰先生，猫头鹰先生让他再把村里的小乌龟、小老虎等其他伙伴都请去家里帮他想办法，结果家里挤到小兔子难以呼吸。他怒发冲冠地去找猫头鹰先生，猫头鹰先生让他请大家都回家，然后继续找答案。当朋友们相继离开的时候，小兔子突然发现，刚才拥挤嘈杂的家，现在是那么宽敞，那么温暖，那么舒服。小兔子冲出去找到猫头鹰先生："当朋友们都散去、当我家瞬间被清空的时候，我知道答案了，我很珍惜我现在的大房子，我觉得它舒服极了！"

你有权选择不原谅，对那些不知道自己想要什么却一直在索取的人。住在 Colin 这座灯火通明的大房子里，Livia 不懂珍惜，她的可悲在于她并不知道自己想要什么，Colin 有权利选择不原谅，不是不原谅背叛，而是不原谅她的不珍惜。

你有权选择不原谅，对那些永远在考验你却以各种借口不给你答案的人。Colin 爱得那么投入那么炙热，而 Livia 永远在所谓寻找的路上，考验着他的耐心，考验着他的真诚，考验着他的包容，考验着他的依赖，考验着他的期盼。

爱是永不止息的，但不是因为我爱你，你就可以肆无忌惮忽略我。没有谁可以毁了谁，也没有谁离开谁活不了——离开了深爱 22 年的爱人，Colin 依旧灿烂。

 ## 攀登者，我的姥爷，我们记着您

责任，赋予一个人勇气
梦想，赋予一个人信念
每每望着您的相片
攀登者笃定的眼神
勇者的印记不会消逝
爱的印记不会消逝
　　——写给我的姥爷

今天陪妈妈去看《攀登者》，片中那一批中国登山队队员，也正是姥爷的战友、同事。在此之前，家里很少提及姥爷，网上也搜不到更多关于姥爷的详细资料；或许是因为不愿戳开姥姥最痛的记忆，或许是害怕妈妈伤心，我总小心翼翼的，压抑着这份对姥爷的追忆。

公格尔九别峰，位于慕士塔格山的北面，海拔约 7595 米。从海拔 4900 米起直到山顶，大都是 40 度到 70 度的冰雪陡坡和密布纵横交错的冰裂缝，经常发生冰崩和雪崩，给登山队带来难以想象的困难；它同时每年产生大量冰川融水，滋润着帕米尔东部的高山草甸，为荒漠中的绿洲提供丰富的水源。因此，征服公格尔九别峰是当时国内外登山健儿的最高目标。

1961 年的大事儿，是在 6 月 17 日那天，中国女子登山队的两名队员西绕和潘多胜利地登上了这座公格尔九别峰，创造了女子登上 7595 米高度的世界新纪录。当世界都把目光投向这两名创造纪录的中国女登山运动员的时候，却忽视了当时还有 4 名登山队员，他们为这次攀登，付出了他们年轻美好的生命。其中，有我的姥爷，我想把他的故事，写在我的心里。

当时突击公格尔九别峰的中国登山队由 57 名队员组成。1961 年 5 月 12 日，队伍离开新疆喀什进山，当天到达了设在卡拉库里湖边的登山大本营；5 月 16 日，队伍开始第一次适应性行军，当天到达 4320 米的山上宿营，后来将攀登路线转移到了公格尔九别冰川西山脊；5 月 26 日开始了第二次行军，目的是取得高山适应能力和运送部分物资到

4900 米处的过渡营地，并在那里进行了两小时的冰雪技术训练；5 月 28 日到达了 5500 米处宿营；5 月 29 日攀登至 6200 米处，当时气象情况很不稳定；5 月 30 日，大队人马由 6200 米营地下山回到大本营，完成了第二次行军计划，为突击顶峰创造条件。

突击顶峰的活动，计划 6 月 11 日出发，17 日登顶，23 日结束，整个过程预计持续 12 天。6 月 11 日，突击队从大本营出发，当天到达 4600 米营地；6 月 12 日攀登至 5500 米处宿营；6 月 13 日由于突降大雪在营地停留了一天；6 月 14 日由 5500 米处顺利登达 6200 米处；6 月 15 日，突击队攀登至 6800 米处的雪坡上，在通过称为"鼻梁"地段的时候，由于地形复杂而积雪又很深，队伍行动缓慢，一直到下午 6 点多才到达营地；6 月 16 日，有 5 人由于高山反应太重被迫下撤，其余人员攀登至 7300 米处宿营；6 月 17 日，队伍分为三个小组向顶峰做最后冲刺。当天气候由好转坏，持续降雪，能见度很低，队伍要经常停下来观察并确定攀登路线。随着高度越来越高，积雪越来越深，气压越来越低，队员们的高山反应越来越大；致使队伍前进速度被迫放缓。于是突击队决定重新调整人员，只留下 5 名突击队员。突击顶峰的 5 名队员终于在 22 点 30 分登上了公格尔九别峰顶峰，他们是：邬宗岳、陈三、潘多、西绕、拉巴才仁。

随后，全队下撤时发生了不幸，前后有 5 名运动员遇难，他们是：北京运动员穆炳锁、衡虎林，西藏运动员西绕、拉巴才仁，医生陈宏基。还有大批运动员被冻伤致残，他们在救援队的护送下，于 23 日返回了大本营。

我的姥爷，就是那名全队下撤时不幸遇难的北京运动员；我的姥爷，他叫穆炳锁。

1960 年攀登珠峰，作为突击队员的他，不是三名登顶队员之一；1961 年攀登公格尔九别峰，他也不是五名登顶队员之一，史册里不会留下他的名字。可是，他永远留在我的心里，或者说，像他一样满腹对国家的责任、对登山事业的热忱的无数牺牲在攀登路上的登山队员，永远留在我们的心里。

地上的人记得您，天堂的您就不会消失。

姥姥说，姥爷精通俄语、英语，是 1956 年从北京军区第一批被选拔到中国登山队的；姥姥说，自然灾害的时候家里条件不好，姥姥当时怀着妈妈，姥爷就把每天训练发的牛奶、苹果、面包托人捎回家给姥姥；姥姥说，妈妈出生的时候，姥爷把她放在自己的登山鞋里，他把登山鞋里的妈妈高高擎起，他说，无论未来怎样，都有爸爸的爱守护着她——1960年，妈妈出生，姥爷攀登珠峰回来，他的10个脚趾都冻坏了，只见了妈妈一面，就赶去苏联集训了；姥姥说，1961年6月17日，姥爷被永远地埋在了公格尔九别峰，妈妈还不到9个月大；姥姥说，后来部队在公格尔九别峰姥爷牺牲的地方进行了大面积搜索，都没能找到姥爷，于是就在当时攀登的大本营立了五块纪念碑，纪念那次攀登公格尔九别峰牺牲的五位烈士——姥爷就这样，被永远地埋在了冰冷圣洁的雪山里。妈妈和姥姥也从此离开北京留在了新疆，想要在离姥爷更近的地方，守护他的灵魂。

我无法想象，人类在面临极度恶劣的自然挑战时，到底是怎样的力量在推动他们不顾生命坚定地前行。可我知道，我的姥爷，是一名普通的军人，他履行着自己的职责；我知道，我的姥爷，是一名登山队队员，他肩负着自己的使命；我知道，我的姥爷，是一名好父亲、好丈夫，他期待着完成这次攀登，可以回到妻子和女儿的身边，给她们全部的爱；我知道，我的姥爷，也曾有过他本能对死亡的恐惧，他也不想离开他的孩子，他只是想要在最恶劣的条件下，一次次挑战他生命的高度——不为名利，不为金钱，只为对国家的责任和对梦想的那份执着。

我想，我大概找到答案了：责任，给了一个人勇气；梦想，给了一个人信念——每每望着姥爷的相片，他笃定的眼神，让我钦佩，让我纯粹，让我在这嘈杂世界里仍能感受到内心深处的平静。

姥爷，您的家人记得您，天堂的您就永远不会消失……

 ## 我爱我的国

我们的每一点努力，都像是往海洋里注入了幸福的小水滴，慢慢地，水滴聚成大海，这片大海就有了名字，它叫作——幸福。

——小瓜

小时候，看了邱少云、董存瑞、王二小、黄继光，然后认认真真写篇观后感，觉得身体力行学习英雄人物事迹就是爱国。

长大一点，看着电视里的香港回归、澳门回归、申奥成功、奥运夺冠，觉得见证并感动于国家的强大就是爱国。

后来去了伦敦，大年三十，一个人跑去爱丁堡，在大象咖啡馆独自探寻 J.K. 罗琳创作《哈利·波特》的印记——我还是不够了解自己，伴着我最爱的苏格兰风笛，我却在期盼着我曾不以为然且并不属于此情此景的东西：我在期盼春晚？我在期盼家人团聚？我在期盼那桌年夜饭尾声塞了枚一分钱硬币的热腾腾的饺子？于是第二天赶回伦敦，去中国城看舞狮，和中国同学一起，我们谁都不愿对方看见自己红了眼眶……想念自己的小家，也是想念自己的国家吧。

因为台风临时取消和姐妹们去宁波的旅行计划转而去了电影院看《我和我的祖国》，电影放到一半，小瓜突然紧紧抱着我的胳膊对我说："妈妈，你知道吗？幸福就是一片无边的海洋！我们升起五星红旗，我们有原子弹，我们有冠军，我们有彩虹一样的战斗飞机，我们可以把失去的孩子（香港）拿回来，我们可以在沙漠上迎接宇航员叔叔返航……我们的每一点努力，都像是往海洋里注入了幸福的小水滴，慢慢地，水滴聚成大海，这片大海就有了名字，它叫作——幸福。"

这大概是我听到过的对幸福最可爱的诠释了。一个 5 岁多的小朋友，会把自己的幸福和国家的进步联系在一起，知道自己的成长离不开一个国家、一个时代的腾飞，知道自己的幸福离不开不积小流无以成江海的点滴努力，该是一件多么美好的事情。

突然很想对小瓜说，其实爱国，就是做好当下可以做好的事情：快乐健康地长大，追随自己的内心，做个真诚而真实的顶天立地的男人——当你真正实现了你自己价值的时候，你也就实现了你之于一个国家的价值。

小瓜和他的小伙伴们，轮流争抢着穿一套迷彩装敬礼拍照，扣好腰带的那一瞬，他们都下意识地挺起胸膛，眼神坚定、正视前方，孩子们严肃而有力的目光，感动着我们。

脑海里浮现出小学五年级的自己，为了做一次周一早晨的升旗手，挑灯夜读终于连续半个学期考第一——最后，旗手只做过一次，第一却成了习惯；初中的每个周一的清晨，也都是我最欢乐的时光：不是因为收到男孩子的情书，也不是因为穿了一条漂亮的新裙子，更不是因为老师又以"考了第一"表扬自己……而是因为可以骄傲地站在操场台阶上为国旗致献词(我直到现在都想不明白，致献词致了三年，我到底是如何做到三年不重样儿的。或许现在的这点文笔，都是那时练就的吧）。

我们需要有对我们国家的归属感，这种归属感，真实地映射在我们的生活里，它是一种态度、一种情绪、一种你为之奋斗的力量、一种潜移默化早就深植你心间的执着与热爱。

带着这份执着与热爱，前路所向披靡……

 老师，节日快乐

刚刚结束一天的工作，也知道写好这些文字的时候，已经赶不上教师节推文了。

在我不长不短的 35 年青春里，最感恩的，是我的三位恩师，他们在我如小瓜般缺失"父亲"这个角色的成长缺憾里，留下了温暖的又不可磨灭的印记。

李老师，节日快乐！

推开舜德楼 321 的门，您没有拒绝我这个从上海贸然冲过来的黄毛丫头，2007 年，您拿给懵懂的我那年夏天国内外关于最新的零售、品牌和定位的学术论文；1 年以后，我便开始了和您的学术之旅，我像个幸福的孩子，汲取着来自您的无限养分：我学会了怎么做研究，我学会了怎么写书，我学会了怎么写论文。

我最幸福的时刻，就是沉下心来思考您留给我的问题，然后找出答案。学术的道路是孤独的，而每当我看着您、想到您，我便觉得自己不再孤独，我甚至享受着朝七晚十去跑一天数据然后来挖掘这些数据结论展示出的无限魅力，我更享受坐在您身边、读着您写的书，和您探讨我问也问不完的问题——您从没觉得我烦。

"功利"这词儿和您是绝缘的，我知道您接了自然基金项目仅仅是为了我们这些学生可以有个项目履历，您给生活做减法，只做自己想做的研究，只写自己想写的书，在这纷乱世界里，您是我心里最明净的那道彩虹。

您还记得您 50 岁生日那年吗？您说您希望活到 100 岁，

因为过往这50年，您得到过太多人的帮助，是汲取的50年；那么从今往后的50年，您只想回报，想让更多的我们，像当年的您一样，找到清晰的方向，踏实向前。

您又何止是恩师？在我连续两次因为家庭和身体原因，不顾您的百般遗憾与失望放弃直博机会的时候，您不但没有责备我，而且和师母一起来上海看我——那时候的我刚经历了孕期阑尾炎的苦苦煎熬生下小瓜，却又在离婚的旋涡里痛到不可自拔。您和师母，安静地坐在我的身边，摸着我的头，告诉我："这有啥，人生还长着呢！"

就是这句"人生还长着呢"支撑我到现在，每每陷入困境，我都会告诉自己，把生命拉长一些，再拉长一些，那么现在的困境就成了一个微不足道的点，没有什么过不去的；同样，现在的选择，也不过是一个节点而已，任何选择，都可以让我们过得很好。

谢谢李老师，在我的心里，您就是父亲。

陆老师，节日快乐！

我拿着一份格式不标准、重点不突出的简历，在史带楼门口等您。被我拦截的您，皱眉看了看简历，问我是不是没有收到保研的面试通知。换作一般的院长，早将我拒之门外了，可您就拿着这份格式不标准、重点不突出的简历，带着我来到研究生院，对招生的老师说："这孩子很扎实、很优秀，不如我们给她一次面试的机会。"一个月后，我成了您的学生。也是这一次面试机会，您改变了我成长的轨迹，也让我比同龄人多了一些选择的权利。

谢谢陆老师，我的恩师，我的引路人。

顾老师，节日快乐！

初入大学的我，总被时尚而精致的您称作"村姑胖胖"，您用了整整三年的时间，改变了我"学霸就必须无暇顾及外表"的荒谬理论。您孜孜不倦地带我去各种时装周，带我去做时尚产业的品牌建设项目：我们去湖州和嘉兴研究丝绸的传承与代际影响，我们去诸暨研究袜业的品牌传播体系，我们去乌鲁木齐做羊绒衫的品牌细分，我们去意大利做奢饰品的重定位研究，我们去香港一家店一家店地探索商品的陈列、展示与搭配技巧……是您带我看到了一个书本之外金光闪闪的世界，我们每一个人，都在这个金光闪闪的世界里，有一个属于自己的坐标。

您说，女孩子要精致一辈子，从内涵到外表。比如，140斤的我，您就可以理解为"不懂得管理好自己的身材"，如果连自己都管理不好，何谈管理一个公司、管理自己的家庭、管理自己的生意、管理自己的未来——您是唯一一个从不过问我成绩和研究成果的导师，您对我的唯一要求就是，要做个优雅的学霸……

当90斤的我拿着GPA3.9的成绩单和全奖的offer告诉您我要去伦敦的时候，您兴奋得一边掉眼泪，一边转圈圈说，"好孩子，好孩子，报到那天记得穿那件白色真丝旗袍"，然后您拿起书柜上的伏特加，我们幸福地干了一杯。

谢谢顾老师，您的"村姑胖胖"，现在独自美丽。

人生路很长，人生路很短。带我们走进这个世界的人，除了父母，还有恩师。他们用他们无限包容又不求回报的心，安静地爱着我们，以他们的方式。

愿我们也可以做他们这样的人，索取更少，给予更多；

愿我们的生命，绚烂至极，归于宁静。

 ## 你爱榴梿吗？我只爱你

你爱榴梿吗？

趁着小瓜去上课，周日的阳光午后，幸福地打开一颗榴梿——这是我最满足的下午茶，软绵绵的榴梿肉甜腻腻地充满了口腔，然后从喉咙，一点一点暖暖地流到心里。

有没有觉得，榴梿是一种神奇的食物，它和爱一样，都是无法隐藏的东西。

你浑身长满了刺，你的味道有点特别，你极力伪装，但爱你的人，一定会耐心剥开你坚韧的外表，捂住鼻子，张开嘴巴，去挖掘并享受你的甜美与柔软，只有他感受得到你的无穷魅力。

你觉得自己香气宜人充满诱惑，你骄傲自信，拔下你的刺，赤裸裸地去拥抱。但不爱你的人，会觉得你没什么特别，甚至懒得去发现你、去靠近你。

所以，是不是独特，是不是芬芳，是不是甜美……这些都不重要，重要的是，有个人爱你，或者爱你的独特、爱你的芬芳、爱你的甜美，也或者爱你的平凡、爱你的简单、爱你本来的样子——总之，有个人爱你、懂你，他正和你肩并肩地过好你们的日子。

搬回上海以后一直在出差，飞机上偶遇一个研究生同学，她在投行工作，知性大方，让人总想要忍不住和她多聊一会儿。可是她还单身，她把所有的精力都放在工作上，周末有空的时候就读书、健身、旅行，她以为只要自己足够优秀、足够美丽、足够远超同龄的女孩子，她就可以收获幸福。可是，眼看着身边的同学、同事、朋友都一个个当上了新娘、做了(二胎)妈妈，她会忍不住掉眼泪，因为她也不明白到底是哪儿出了问题，为什么她做了最好的自己，却没有她一直等待的幸福来敲门。

这是一个无解的话题。

记得我初中的时候，我妈为了向我证明"早恋的坏处"，跟我是这么说的："你现在谈恋爱，就等于你的世界只有你的学校这么大；等你考上了清华，你的世界就都是优秀的男孩子了；你还可以再努力一下，去斯坦福读博士，这样，你就可以站在世界的巅峰，去挑选你的另一半……所以，现在不可以早恋，早恋等于自我毁灭，山巅最美的风景，你就再也无法领略了。"

所以为了站在那个"山巅"去做选择，我们用青春里的 20 多年去拼命——学习拼命、工作拼命、生活拼命，青春全都被交给了"拼命"，但最后站在"山巅"的时候，除了感到孤独，还是孤独。

或许生活就是这样，上帝让你通过努力可以一个人把自己照顾得很好，让你通过努力闪闪发光，让你通过努力习惯了优秀并且根本停不下来地继续努力，那么是不是你便注定孤独了，因为只有孤独的时候，你才会站在山巅安静地眺望远方，眺望你想要去追寻的那一抹你永远也触不到的彩虹。

是榴梿，还是玫瑰？这些根本都不重要，重要的是，有个人愿意走近你，他欣赏你，爱着你，他正和你一起，去欣赏不论在平原还是在山巅的日落日出。

　　我继续享受周日午后的榴梿与阳光，感恩虽然孤独却仍旧美好真实的每一天。

 正好，我在你楼下

　　好友不久前经历了惊心动魄的一幕：

　　下班觉得胸口闷，叫了车回家，路上一边跟司机说"打开窗户吧，我不能呼吸了"，一边就失去了知觉。再次醒来，她躺在 ICU，视线模糊中，她冷得发抖。从来没有得过心脏病的她，被医生告知有那么几秒，她的心脏是停止跳动的。

　　她说睁开眼睛的时候，身边没有任何人。那时候她告诉自己："明天如果可以脱离危险，我一定要去找他。"

　　好友以为在他的心里，自己并没有任何位置。因为好巧，就在她失去知觉心脏停跳的时候，他不在身边。

　　那之后的一天，好友做完同传，胸口发闷，浑身散架，微信响了：

"Hi，还好吗？"

"嗯嗯，有点喘不过气，想赶紧打车回家。"

"这么巧啊，我就在你这边办事儿，刚刚结束，我去接你，等我 5 分钟哈。"

…………

公司只剩下她一个人在加班。

"下班了吗？"

"还没呢，这就快了。"

"这么巧啊，我刚跟客户吃完饭，就在你附近，那我回去顺路带着你吧，几分钟后楼下见哈！"

好友惊喜地发现，从那之后，好像一直都很巧，他很巧都在；好像一直都正好，他正好在楼下。其实他工作很忙，忙到自己都顾不上自己。

他什么也不会说，只会说"真巧啊""正好哈"，可她知道，他不允许她再有任何意外，不会再让她一个人坐在车上，一个人被送去医院；他不会让她一个人下班，一个人加班，一个人站在大雨下，一个人迎在烈日中。

故事的结局，我不知道，我只知道好友现在很幸福很满足。真巧与正好，大概是我听到过的，最安静、最踏实的告白了。

被一个人在心里装着，不论你在做什么，在想什么，他总会在你需要的时候，"正好"出现在你的身边。

这份"正好"，意味着你们对彼此没有那么多轰轰烈烈的期待，也没有任何"你应该怎样"的期许，你们"用心"却又"正好"地出现在彼此最需要的时候，就好像一切都是最好的安排。

一切都正好意味着，让对方舒服、心安是唯一的大事，意味着今生余下的每一寸光阴，都值得我们去好好消费和倍加珍惜。

正好，我在你楼下，长于一日或短于一生。

 你遇见谁会有怎样的未来

今天在家里加班，小瓜兴奋地走到我身边说："妈妈，我在电视上听到一首很美丽的歌，我要唱给你听。"

阴天，傍晚，车窗外
未来有一个人在等待
向左，向右，向前看
爱要拐几个弯才来
……

16 年前刚读大学的我天天单曲循环的歌，16 年后我的小瓜竟用他稚气未脱的声音唱给我听。

2003 年，为了孙燕姿的《遇见》和初恋去了四次电影院，看那部《向左走，向右走》——两条看似平行的世界线，在某一时某一刻，产生了交点，于是两把伞变成一把，两扇门变成一扇，旋转木马上多了两个人羞涩又甜蜜的笑声。

对我来说，《遇见》，是一首关于初恋的歌。

我的初恋，身高 186 厘米，体重 85 千克，某 985 大学汽车系的每天痴迷画发动机的阳光男孩儿，因为他我爱上了车，我们的聊天，除了贝克汉姆就是各种发动机；我们的假期生活，除了看电影就是去车展，妖娆的车模在他看来就是浮云，他说在他眼里，劳斯莱斯第一性感，140 斤的我第二。我 19 岁，不知道什么是爱情，觉得爱情就是异地的我俩，一起爱贝克汉姆和车、一起好好学习，然后一起保研或者一起出国读博，再然后一起买一部劳斯莱斯。2003 年，我和他一起听《遇见》。

我有个前辈，我以为他除了爱工作，什么也不爱。他说他的初恋，是个美若天仙的温婉女子。每周末，初恋坐 2 小时的车来学校看他，他接着再坐 2 小时的车送初恋回去，然后自己再坐 2 小时的车回学校；为了初恋每次期末考试能过，工科的他陪着初恋学会了文科的一切；他怕初恋照顾不好自己，放弃了出国读书的机会。2000 年，他们在往返彼此学校的长途大巴上，享受着最美好的时光。

我的学长，在我看来事业有成的优秀奶爸，曾经，一直不敢给他的初恋表白。后来他决定等，等到有一天，自己足够强大，就鼓足勇气去跟初恋说一句"我们在一起吧"。于是学长拼命努力，在那个遥远的年代一边工作一边申请奖学金去读 MBA。后来，学长越来越强大，可是初恋嫁给了别人，再次遇见的时候，两个人云淡风轻，那句"我们在一起吧"再也没有说出口。1995 年，他们在大学学生会，触碰青春的律动。

我的前老板，始终充满激情与斗志，曾经留着长发、骑着单车，在中戏门口天天等着接送初恋去跟各种帅哥约会。他说初恋是他的莲花，可远观而不可亵玩焉，他要支持初恋做一切她想做的事儿、见她想见的人。他为初恋写诗，还出了诗集；初恋在他的单车后面，找到了自己真正可以相濡以沫一辈子的另一个人，有了属于他们的事业。1993 年，他们在 28 单车上，洋溢着青春。

感谢初恋，没有伤害，没有忧伤，没有犹豫，没有徘徊，只有对爱情和未来无限的憧憬；

感谢遇见，纯粹、简单、真实、坦荡，就好像你的心底你该有的样子，都在这份相遇里，淋漓尽致地被书写。

我们长大了，我们回不到过去了；

我们懂得感恩了，我们不再抱怨了；

我们懂得释怀了，我们不再纠结了；

我们懂得拥抱真实了，我们不再伪装自己了；

我们懂得紧紧抓住了，我们不再会放弃了；

我们变得更好了，我们更爱自己了。

 爱是修养，不如我们一起成长

在手机里无数个家长分享群里，我看到最高频出现的关键词是"吼"。我以前不太理解，对爱人我们知道说话要讲究方式方法，对老板我们知道要三思后行毕恭毕敬，对同事我们知道要时刻保持共情，对朋友我们会设身处地为对方着想，可是为什么对孩子，我们要任意地"吼"呢？

我的慈母变怪兽实录，缘起于这个月我们不得不开始幼升小应试辅导了。数学、语文、英语，外加以前就一直在读的一些兴趣班，时间几乎不够用。

小瓜学不会的时候我会失去耐心，不认真的时候我会瞪着他，不主动学习的时候我会"超大分贝"。如果用摄像机记录这一切，我估计自己看了都要嫌弃自己——我就这样变本加厉地陷入这耐心严重缺乏的不可自拔里。

直到昨天，小瓜和他的好朋友通视频：

好朋友："小瓜，我不爱我妈妈了！"

小瓜："因为你妈妈先不爱你了吗？"

好朋友："是的，她天天因为我数学题做不出朝我大喊大叫！"

小瓜："我妈妈也是，她本来是个公主，但现在她很暴躁！"

好朋友："哇，我也想有公主妈妈！"

小瓜："可是她只有不当我的学习老师的时候才是公主、才美丽呀！"

好朋友："反正我不爱我妈妈了！"

小瓜(若有所思了一会儿)："可是我永远爱我妈妈……"

我泪奔……

就好像是小学考了80分回家找妈妈签字，以为会很惨；结果妈妈不但不批评，还鼓励我说，"我的女儿是最棒的，下次一定可以"。什么都比不过"愧疚感"带给人的冲击力之大、之深。

孩子都可以无条件爱我们，我们有什么理由把一大堆条件强加给他们，从而换取我们的爱与温柔？

理性评估

我们有责任有义务根据孩子的生理、心理发展特征去评估，孩子到底是否应该接受某些培训和教育。

两周前小瓜参加5~6岁组的击剑比赛，眼看他比分9：6马上要轻松在淘汰赛获胜的时候，他却被对手连续赶超4剑。

当时发现小瓜虽然进攻力强，可就是击不准。场下的我正想着怎么去告诉小瓜他这样击不中不行，还得努力练习的时候，教练来找我了："别着急，他这是比了一上午累了，他还太小，尤其是在很疲惫的时候，根本无法控制自己的肌肉，所以他击不中。"

如果没有教练的专业解释，或许我又会发怒，责怪孩子不够努力，以后要如何努力总结这次比赛的教训等。

但事实上，在进行了理性评估之后，我们知道孩子的肌肉控制力在5岁的年纪确实就是这样，我们还不如保持安静，给他们一个大大的拥抱，告诉他们"我爱你"！

没错儿，"努力"是被我们用烂的一个词，我们习惯性把孩子的一切都归咎于"不努力"。那么现在，让我们试着把"你要努力"换成"我爱你"吧。

过滤杂音

记得这学期小瓜围棋启蒙是跟着一位美其名曰的名师开始的。这位老师一次带 24 个学生，一节课 2.5 小时，在一间没有窗户的教室里，24 个家长还要坐在后面把握好学习的进度，回去陪着下棋。我只陪了一节课就放弃了，因为——缺氧。

三节课后，老师找我谈话，说小瓜如何不听他管，如何不认真看(那个伤害眼睛的)大屏幕，如何不适合学习围棋。不用小瓜说，我也知道，24 个 4~6 岁的孩子一起无间断学习 2.5 小时，简直就是天方夜谭，我们读大学一节课 90 分钟还有听不下去的时候呢。

于是我即刻换了一个围棋学校，四人班，一次 1.5 小时，老师只用棋盘不用任何电子产品辅助上课。三个月过去了，小瓜现在的业余时间几乎都主动要下棋而不是看动画片，每周回来他都会做我的小老师，告诉我怎么吃子，怎么围场。

不仅仅是学习，孩子成长路上，我们会听到太多杂音，我们要做的，是过滤这些杂音，然后相信我们的孩子，相信我们自己。

爱是修养

我们把对孩子的一切负面情绪——吼叫、斥责、抱怨……或许都可以归咎于我们本身修养不够吧，至少我是这么认为的。

我们在意老板的看法、同事的评价，是不是也可以在意一下我们在孩子面前的修养？

我们低下头，和孩子一起成长，直到有一天，当我们发现我们可以合理管理我们对孩子的预期、有效控制我们在孩子面前的行为和情绪的时候，我们或许才称得上一个真正的大人、一个合格的家长。

任何离去，都会以另一种方式归来

早晨去花市买了很多花，想要在没有安排旅行的假期里，简单安静地装扮屋子。和我一起去花市的，是看着沉稳聪明、内心傻里傻气的闺密。

向来习惯男人送花的她，买了一大束"路易十四"，深紫色花瓣，在四月的暖阳与和煦微风的娇纵下，别有韵味。闺密说她要跟我学扎花，用这一大束深紫色玫瑰，去勾勒她心里和他有关的轮廓，那是爱情的轮廓。

折腾了一上午，可能是这束"爱的模样"给了闺密无与伦比的勇气，她抱着这束花，在这满是纷扰与噪声的现实里，去跟他告白了。简单纯粹去爱一个人，是幸福的。

故事在这里可以结束了，王子公主从此幸福生活三百年。

夜里，我收到闺密发来的截图：他把闺密"爱的模样"

的照片放在朋友圈封面了，他拍得那么好看，闺密该感动才是：他细腻，他可爱，他懂闺密的心。

可仔细一看，不知为什么，我的眼泪不自觉地流下来——图片上写着一行字："致某某"。那个"某某"，不是闺密。

回到清晨的阳光下，闺密很认真地和我学扎花，色彩怎么搭配，用什么样的彩纸和缎带会更和谐；阳光下，闺密目不转睛沉浸在思索与幻想的幸福中的眼神，温暖了我，也让这束"路易十四"有了它不一样的生命力。

内容更新可以屏蔽任何人，可是封面，就那么赤裸裸地立在那里，它刺眼，它残酷，它深深戳进闺密的心。

要我怎么说呢？你不爱一个人，那么你可以远离她、拒绝她；你不爱一个人，那么你可以不接受她为你扎的一束告白——然而在包括她的所有人面前，你就这样亵渎她、无视她、摧毁她对于爱情的所有执着、所有信仰，哪怕最后一点尊严都没有留给她……

发了那张截图之后，闺密没有再回复我。于是我把想对闺密说的话，写在这里：

亲爱的：

你那么美好，那么可爱，那么善良，那么真诚。你曾在被生活摧残到体无完肤的时刻，仍保持纯真与执着。你执着你的信仰，执着你对爱的态度，执着你手边的工作，你一直在把自己从内而外变得更美。

明明时常身处暴风雨中，你却像座灯塔，伫立在那里，你的世界，没有黑暗。这些年看着你一点点强大，心却愈加柔软，我心疼，却也钦佩。

我自愧不如你对爱情的纯粹和勇敢，尽管我也不知道，为什么他要在你送他的花（心）上，写下别人的名字。他可以不收你的花，也可以私下里在与别人亲密的时候表达对她的爱意，只是，他不可以亵渎你。

但这世上本就没有那么多为什么，你琢磨人性，不如早睡早起锻炼身体。我不管他的身影在你这里有多么高大，我只想你知道，他的高大帅气与温暖，并没有给予你，也不属于你，那么，他的一切便与你无关。

谢谢他在你毫无防备地把你滚烫而纯粹的心毫无保留全部打开的时候，用一把利剑深深刺入。不流血怎么知道痛？不知道痛怎么斩钉截铁地离开？不离开怎么疼爱自己？不疼爱自己怎么有资格祈祷幸福？

记得《无问西东》里的那段话吗？愿你在被打击时，记起你的珍贵，抵抗恶意；在迷茫时，坚信你的珍贵。

你的珍贵，与他是否爱你，完全无关。

也许此时，你正孤独地站在四月本该最美的樱花树下，唱着歌，等着他的到来；也许此时，无助与委屈侵占了你的灵魂。可是今天终究会过去，明天终究会到来，樱花瓣终究会飘落满地，吹散到风中。

好的，不好的，都是过去了的。我们为爱所坚持所执着的一切，都是值得我们一边珍惜，一边为自己喝彩的。那么，继续美美地做自己吧，继续坚定地往前走吧，继续从容地保持真实与善良吧，继续炙热地坚守爱情与永恒吧。

可能写到这里，你仍旧孤单、难过，可是你会发现，你认真过每一天，在不经意间，所有的离去，都会以另一种方式归来。

 舒服

农历新年就好像又给了我们一次许愿的机会，一次对过去告别、对未来期许的仪式。

听周围年轻同事说得最多的，就是过年回谁家的问题。

一个关系很好的小姐妹，年底刚结婚，新婚第一个春节，小夫妻俩各回各家。被传统思想洗脑的我，没忍住问她："最起码婚后第一个春节，应该商量好比如去你家几天，去我家几天？"小姐妹是这么回答我的："婚姻里的我俩本来就是独立个体，无法协商的事情就按照各自的想法去做，这样也许不是大家都最满意的，但一定是大家都最舒服的。"

"舒服"这个词，说起来挺有趣的。平平淡淡一个状态，却超越了"满意""喜悦""欢愉"。

比如，我以前觉得，爱是天天在一起，一起吃饭，一起聊天，一起看书，一起做甜点，一起煮咖啡；现在时常被嘲笑，被证明"舒服"的状态是：你在玩手机，我在看电视；你在会你的朋友，我在约我的姐妹；你过年回你家，我过年回我家；你不会气到我爸，我也不会惹到你妈……

说不清"舒服"的状态到底是不是最好的状态，但至少是相对安全的状态，可我并不想要这样的"安全"。如果同床共枕都无法心之所向，如果喜怒哀乐都不向对方倾诉，如果遇到问题都不能一起面对，那么婚姻还剩下什么？

假设两个相爱的人，都愿意为对方付出，并且都可以感受得到对方的付出，用心经营这份感情，那或许才是最舒服的状态吧？简单来说就是：我爱你，你知道；你爱我，我知道；我一直爱你，你一直知道；你一直爱我，我一直知道。

昨天一位好友打了一个特别有趣的比喻：成功的婚姻就是我养了你这条狗狗，你养了我这只猫咪。我用心喂养你，摸清你的习性，陪伴你，你就会依附我，保护我，爱着我；你用心呵护我，理解我的任性娇柔，拥抱我，我就会相信你，依赖你，温暖你。我们，谁离了谁也都能活，可在一起又是很开心很安心的状态，因为"一起"会让我们变得更好，会让我们因为有彼此，对未来的每一天，都更加充满期待。

回谁家过年的问题，没有正解。过年了，我为你准备肉骨头，你为我准备小鱼干，不管在哪里，下没下雪，是不是寒风四起，重要的是，我们在一起，在中国最有仪式感的节日里，温暖地依偎在一起。

 那个身高 2 米的教练，单膝跪地，教我怎么做个好妈妈

比起了解，我更喜欢理解这个词，太珍贵了，它仅仅代表着，我愿意，尝试走进你的世界，接纳你生活的不如意，看着你闪光的时刻也不怕触及人性最深的暗角，去接纳你之为你的一个完整体。

——德卡先生

今天带小瓜上课被一个身高顶到房顶的教练征服了，以至于自以为是育儿有道的我开始严重怀疑自己。

刚开始上课的时候，就看到一个四五岁的小朋友摔倒了，看上去是很疼的，眼瞅着眼泪就要流出来了，这位身高顶到房顶的教练突然出现在小朋友身边，他单膝跪地，笑着对小朋友说："天哪，这个地太可怜啦，快让我看看这块儿地被你摔坏没有，你力气太大了，这地太可怜了。"小朋友当时就傻了，赶忙回头往他摔倒的地方看了一眼说："好像没有坑啊，教练你说我的力气怎么那么大呀！"然后就没事儿了。

做了四年多的妈妈，我也在一旁看傻了。我们只知道孩子摔倒别管他，让他自己站起来；我们有时候会忍不住去扶他；我们有时候会在他们哭着站起来以后说句"宝贝儿你真棒"，好像除了说"你真棒"，我们就贫瘠到不知道要说些什么了。

又是这个身高顶到房顶的教练，小瓜在上课的时候有点不由自主地放飞自我，我站在外边咬牙切齿地等待教练对他的威慑和训斥。可那教练，没收拾小瓜，而是叫来了全组的小朋友："现在我们做个游戏吧，宝贝儿们，我们一起来和小瓜比赛，看你们谁可以超过他，谁就是队长，否则今天的队长就是小瓜。"——躺在地上漫游的小瓜，像触电一样，飞了起来，训练动作认真到我都不太适应了。

教练说，孩子放飞自我是因为感觉自己没有受到重视，那么就给他足够的重视呗，不但教练要重视他，整个团队的小朋友都要重视他，他的心思都在好好表现上了，哪儿有心思放飞。

还是这个身高顶到房顶的教练。小瓜组里有个小男孩儿被剑刺了一下胳膊，虽然属于训练中的正常小伤，但小男孩儿还是忍不住要哭。那教练再次一边单膝跪地，一边严肃地喊着："呼叫钢铁侠，呼叫钢铁侠，你疼吗？你疼吗？你疼吗？"小男孩儿立马撑起了胳膊，铿锵有力地回复着："呼叫蜘蛛侠，呼叫蜘蛛侠，我不疼，我不疼，我不疼，重要的问题说三遍。"……

继续是这个身高顶到房顶的教练。实战的时候一个年龄大点的小姑娘因为输了比赛在那儿抽噎，教练走过去问她："你哭，是因为你觉得你哪个动作做错了，还是觉得你平时练得不够刻苦？"小姑娘回答："我觉得我都做到了，可就是没赢。"我以为教练会开始跟小姑娘分析为什么会失败的动作要领，可他却再次单膝跪地，跟小姑娘说："如果你把我教你的都做到了，那么你就没有错，也没有输，你是好样的，现在你唯一要做的，就是抬起头，哪怕是昂着头哭，丑兮兮的也行。"小姑娘一下子冲进教练的怀里，

"咯咯"笑了……

短短一节课，我深度怀疑自己不会当妈了。我们比谁都知道要走进孩子的心，可当孩子真的开始哭闹、焦虑、烦躁不安、失去耐心的时候，我们好像把读了那么多年书的理论、当了那么多年妈的实践，全废弃了，我们时而像个怨妇，时而像个无头苍蝇，时而又像个母夜叉，最后顶礼膜拜一个阳光大男孩般的教练，他教会我们如何走进孩子的心。

即使人家身高 2 米，而你只有 1.6 米；即使人家一周要面对上百个孩子，而你只面对一个，你有没有每次都这样认真地跪下，凝望着孩子的眼睛，或者诙谐或者严肃地和他说话，聆听他完全表述不清的需求，然后走进他的心，和他产生联结，和他一起呼吸。

 孩子，有爱有恨有悲有喜的才是你

下周就要开学了，小瓜就是幼儿园中班的小朋友了。

我时而觉得他已然是个大人，时而又觉得他还是个 baby。

对于他中班要 get 什么新技能新本领，我不太在意，只想在 4 岁半的小瓜即将升班的时候，走进他的心，聊聊他的感受、他的情绪。

"妈妈我爱你，你是全世界最好的妈妈。"

"妈妈我再也不爱你，再也不理你了。"

"我害怕兴趣班对我很凶的那个 ×× 老师，他让我很难过。"

"我要把你撕成碎片，然后发射到太空去。"

这些日子，发现这些话语是小瓜的高频使用句型。起初我是抓瞎的，玩得好好儿的，怎么就一下子不爱妈妈了；本该愉快的旅行，怎么就一下子大喊大叫了；本该有意思的活动，怎么就提不起任何兴趣了；本该幸福的一顿晚餐，怎么就一口都不吃了？

通常，我应该发怒，然后忍住怒火，强行让自己的面部不要扭曲，咬牙切齿却看似平静地对小瓜说："怎么了宝贝儿，为什么不开心？"答案基本都是一致的：根本不理会你。随之用无敌强大的小宇宙让自己平静下来，心中默念无数："不可以发火，不可以发火，不可以发火。"

后来，我才慢慢发现，以自己的感受去看待孩子的感受，本来就是幼稚可笑的——我们都还没有走进孩子的内心，又有什么资格来评判他们的行为，甚至是他们的情绪？

记得在餐厅看到一位妈妈，正在教训不好好吃饭的孩子："让你吃你不吃，你就是给脸不要脸"；一位妈妈在图书馆教训孩子："让你多看英文绘本你不看，就是要看那些乱七八糟的漫画，你就是烂泥扶不上墙"；一位妈妈在地铁上教训孩子："五个单词教一个月教不会，你太让我失望了，以后我看你也别学了"；幼儿园里一位妈妈在教训孩子："哭，你就知道哭，你除了会哭还会干什么"……

我们在纠正孩子行为的时候，也在残忍地攻击着他们的人格、他们的情绪。我们好像根本意识不到：只有行为才能受到谴责或表扬，而感受不能，情绪亦不能。我们太自大，自大到对孩子的感觉随意评判，对孩子的幻想横加指责。

我们曾经所受过的教育和我们现在的生存环境，让我们习惯性逃避我们最真实的感受：坏情绪就是不好的，消极的态度就是要被谴责的。于是我们也下意识地这样要求我们的孩子。

我们允许自己有爱有恨，有悲有喜，有崇拜有嫉妒，有顺从有对抗，有成功有失败。可我们为什么要求我们的孩子时刻欣喜，时刻顺从，时刻优秀，时刻积极？

情感本就是遗传的一部分，更是生命的一部分。我们自己和孩子所有的感觉都是真实的——不管积极的、消极的，抑或说不清积极还是消极的矛盾心理，这一切都是真实的，是需要并且渴望被尊重的。

我们还没有强大到可以随意地选择情绪，但倘若我们知道它们是什么，我们就可以选择什么时候通过怎样的方式把它们表达出来。

即使我们失败到不知道自己的真实想法是什么，那么至少，当我们的孩子感到憎恨时，我们不要强迫他们只是说"不喜欢"；当我们的孩子感到害怕时，我们不要轻描淡写一句"这有什么好怕的，你是个大孩子了呀"；当我

们的孩子感到痛苦时，我们不但不懂得共情，还会雪上加霜地说一句："你要始终笑对困难哦。"

在这矫揉造作又浮躁的大环境里，不论我们自己身处怎样的境地，不论我们要扮演怎样的角色，但至少有一件事是我们可以为孩子做的，那就是让孩子保持他们原有的真实，让他们说实话。

在这开学季，写下这些文字，只希望我们一起，从现在开始，在孩子们感到伤心、愤怒、害怕、困惑或者痛苦的时候，在我们感到无所适从、情绪激动到难以控制的时候，让我们安静地聆听孩子，然后表示理解、表示同情，尊重他们的情绪和情感，就像尊重我们自己一样——安静孩子，也安静我们自己，然后一切都会有解决的办法。

 你想要怎样的童年，就给孩子怎样的童年吧

你的童年是什么模样？

是在大院儿里玩儿到天不黑不归，还是在灯下埋头苦读到天不黑不睡？是雨后去青草地上捉蚯蚓，还是仅仅望着书本里一条恶心的虫子说：蚯蚓？是每个周末每个假期都可以去绿树红花中感受外面的世界，还是心心念念趴在窗台等待忙碌的迟迟未归的父母？

如果几十年后的今天，你已为人父母，你还记得你童年的模样吗？

那么你给孩子创造的，又是怎样的童年？

是周而复始根本上不完的辅导班，还是抱着手机看个没完？或者因为你自己的精力已经在工作生活中到达了极限，于是你回到家早已没有"应付"孩子的力气？又或者你本来可以陪着孩子一边玩一边学的，可惜你"没时间"，于是把这些责任都推给了老师，你觉得你花钱了，就心安了；然后到了年底你为了"补偿"孩子，来个远途旅行，旅行途中你都在忙着拍照修图，浑身疲惫，好像也没有和孩子更亲近？

今天很隆重地去参加了小瓜幼儿园班级的画展。

去之前觉得小班的画展，应该都是些"抽象画"吧，毕竟那么小的孩子，线条都画不直。

结果去了以后被老师们和4岁的孩子们的仪式感震撼了——老师和孩子们都是盛装出席，所有作品，都是老师们带着孩子从今年春天就开始精心准备的：樱花飘落了，他们就出去捡樱花；满地的松果香，他们就出去捡松果；大自然任何的馈赠，孩子们都会捡回来，分类收集在小筐里。

然后在老师的悉心指导下，孩子们用他们的小手、彩色的颜料和捡来的大自然的叶子、种子，创作出一幅幅把爸妈们看得泪奔的画作。

我是含着幸福的眼泪来读这些作品的，感动之余，满心惭愧。

我们的匆匆，让孩子们的童年也跟着匆匆了。

走路的时候常常为了赶时间，总觉得到了目的地才算完成任务，竟匆匆地错过了那么多我们原本可以陪伴孩子去感受、去成长的机会，尽管这机会明明就在不经意的点滴光阴里。

我们一直宣称如何爱孩子，可为什么我们随随便便错过的东西，在幼儿园里，却成了孩子们的宝贝，帮助孩子们认识自然、了解自然、爱上自然、创作自然？

春夏秋冬，四季更替，我们无时无刻没有机会陪伴孩子感受这奇妙的世界，可我们却把这无限的权利，交到了有限的幼儿园的实践中。

更重要的是，既然我们那么爱孩子，为什么总是低估他们的能量？

比如，我一直认为小瓜的创作水平应该是有限的。

可事实上，孩子真的有太多太多比我们强百倍的能力，我们看不到，因为我们不想看到：我们总认为他们是孩子，总认为他们距离我们眼中的"长大"还有很长一段距离，或者我们根本就没想让他们长大；而我们是家长，我们有足够的权威去评判他们的"好坏"，有足够的力量去控制甚至扰乱他们的成长节奏。

承认我们的无知，想象我们还是孩子的时候，曾渴望的生活。然后，安安静静陪伴我们的孩子，带他们去大自然，

去他们想去的地方。

身边每一个我们漠然、忽略的点滴，也许都是孩子兴趣的伊始，既然我们没有能力去探索世界，那就让能量无限、想象无限、求知欲无限的孩子带着我们一起，去发现、去感受、去创造。

祝我们的孩子和孩子一样的我们，儿童节快乐！

 你要什么结果？成长本就是种体验啊

一直觉得自己是个外表粗心、实际用心的妈妈。不会打着鸡血让小瓜上各种辅导班，会一直给他最广阔的空间让他尽情去玩耍。

今天在同学群里，大家纷纷讨论幼升小的各种攻略，我突然觉得平时话那么多的我，一下子被隔离到外星球，不是我不想去钻研什么攻略，是我真的提不起兴趣，我承认，在这件事儿上，我是个懒妈妈。

在微信上看到一些小学的升学试题，自己连一半都答不出，虽说这些试题有点变态，但是有一点必须认可：这些好学校，对于孩子知识面的要求是很高的。

既然是知识面的要求，那为何不在生活、在自然中扩充孩子的知识面？想想自己一路死记硬背、题海战术到28岁，小瓜的青春有的是时间被灌输式地教学，为何不在这4岁多的天真年纪，去享受生命探索的乐趣？

如果成长是一种体验，不是一个结果？

今天问小瓜：1+1= ？小瓜说：等于1；

又换了一种方式问：1个苹果 +1个苹果 = 几个苹果？小瓜说：两个苹果。

你看，孩子现在的思维还没那么抽象呢，他们做判断或者基于经验，或者基于体验。很多很难理解的问题，可能就是一次旅行、一场游戏、一段对话、一个故事，他们就会理解。

小瓜始终不能明白"天堂"是什么。每次都会童言无忌地说："妈妈，你刚才去天堂了吗？"迷信的姥姥会大喊着说："呸呸呸，不许乱说。"

于是我带小瓜去看《寻梦幻游记》，小瓜这才知道，原来去天堂需要付出的代价是：全身没肉，骨瘦如柴，还要涂上黑色的眼影。于是从那以后，小瓜再也没有说过关于天堂的问题，看到抽烟的长辈，还会说："抽烟不好哦，你小心没肉了哦。"

小瓜有一阵子不太爱看书了，姥姥很着急。小瓜总问我天空中的星星都是什么形状，于是趁着在小院儿里看星星，我就把一本讲星座和宇宙的书翻开给小瓜看，小瓜就这样爱上了和宇宙有关的一切书籍。

还有一次，小瓜的手被烫到了，他很委屈地问我为什么他没有摸烤箱而是摸了烤箱旁边的盘子却被烫了，我翻开小孩子的《十万个为什么》，告诉他什么是热传递，热量跑啊跑，也有跑累的时候；于是他装成热能，绕着房间开始跑，跑到一半被我挡住，他兴奋地说："妈妈，你给我的奔跑施加反作用力了。"

不会写字、不会音标、不会加减法的小瓜，已经对科学、对物理产生浓厚的兴趣了，这类书籍也是他最喜欢的。其实我什么也没做，就是陪着他一起去体验在我们看来很平凡，而在孩子看来却充满未知与探索的精彩生活。

成长是一种体验，不是一个结果。

还记不记得《奇迹男孩》里的片段？面目和正常孩子不同的奥吉，抵抗着成人都难以承受的压力去正常学校里读书。迫使他父母做出这个决定的，不是希望孩子真的成为什么科学家，而是觉得和同龄人一起读书和社交，是孩子成长所必须经历的。

奥吉在一次次痛苦的努力中，在爸妈、老师、朋友们的帮助下，终于用自己的不卑不亢和真诚善良，获取了同伴的称赞与认可，内心美覆盖了他的长相，让天生有缺陷的他，成了学校最美的典范。

比起什么轰轰烈烈的比赛成果，这场安安静静的成长的体验，刻骨铭心，创造了奇迹。

还是引用一段《奇迹男孩》里的话吧：伟大并非在于力量的强大，而在于你如何正确地使用你的力量，所有的人，

无论男女，都可以将自己的魅力转换成力量，影响周围的人。

而这一切，都会在孩子的成长体验中，得到答案。

 Hey，孩子，这是你的江湖

　　周末聚会上，一位80后妈妈有些焦虑，她对我说这些天实在无法接受送女儿进学前班的挑战，作为一个"预备役"的小学生，太多新问题需要面对，比如，学会写自己共40多笔画生僻字的名字。看着委屈的孩子一遍遍蹩脚地练习着却迟迟不见成效，她抽自己的心都有了，当初给孩子取这个文艺女青年标配的高格调名字时，从没想过要孩子付出这么无聊的代价……

　　对于大多数的我们而言，陪伴孩子的成长，就像是打怪升级，费尽心思过了一关又一关，还没来得及欢呼雀跃，就被新的任务搞得措手不及，让"通关"看似那么遥遥无期。

真正不够强大的，是我们自己

今天，我的小瓜正式入园了。

记得去年夏天，2 岁多的小瓜被送进小托班，为了转移自己的焦虑，我一路上都在故作兴奋地把爱丽丝梦游仙境、我爱幼儿园之类的各种元素结合起来，描绘着无限美好的"幼儿园奇遇记"，直到亲手将小瓜交给老师……

"妈妈，你不爱我了吗？"看着小瓜湿润的眼神中强堆起的笑容完全坍塌，我转身飞奔出教室，在门口泣不成声。

之后几天，我动摇过，怀疑把纸尿裤都还没脱掉、睡午觉前都还要喝奶的孩子送到小托班是不是太残忍，甚至请掉了 15 天年假，惴惴不安、蓬头垢面地守在家中，准备随时冲进幼儿园，紧紧抱起受委屈的小瓜说："妈妈爱你，妈妈真的很爱你！"

然而，这一切似乎并没有按照我假想的琼瑶式桥段发展，小瓜很快爱上了幼儿园，适应了那里的生活，开始有了自己的小世界。

一年后的今天，在新幼儿园小班的入园典礼上，小瓜迫不及待地去认识老师、认识新朋友，还对跟在身后自作多情的我说："妈妈你赶紧去上班吧，我现在很忙没法儿照顾你，我也要开始上班了，你要照顾好你自己哦。"

有没有觉得，我们的孩子，其实远比我们想象的要强大很多，他们乐观勇敢地探索世界，有时候虽然会舍不得妈妈，但那只是本能，一旦他们投身于他们开启探索的美妙世界中，他们便会充分享受成长的无限乐趣。

而真正不够强大的，是放不开手焦虑的我们。

你可以去爱，但这终究是他们的江湖。

朋友的儿子读的是一所蒙氏幼儿园，班主任老师很有个性，对于塑造孩子的独立性格很坚持，家长们也非常认同。然而，当老师把这种教育方式应用到园里的日常时，却激怒了一大批妈妈，她们天天神经兮兮拿着手机看幼儿园的监控，不放过每一个细节。孩子没吃饱、喝水少要声讨老师，就连孩子入园后没有第一时间脱掉羽绒服，也要声讨老师。

有一次，老师发现一个孩子在幼儿园上下楼梯时总扶着楼梯小心翼翼，问其原因，孩子说是因为一次下楼梯摔跤了，妈妈就要求他上下楼梯时必须扶着楼梯一万个小心。于是，老师鼓励这个孩子不能因为怕摔跤就处处谨小慎微，对成长锻炼不利，适当小心就好，摔倒了爬起来，继续向前。

故事的结局，是这位老师被几乎所有妈妈狂轰滥炸，被大骂没有责任心。而我的朋友因为支持了老师的理念，说了一句"我觉得这没什么不好"，竟被妈妈们贴上了"拍老师马屁却不为孩子争取权利"的标签，被踢出了家长群。

成长需要无条件的母爱没错儿，但当这种爱因为妈妈的焦虑、紧张、不信任变得泛滥和多余时，不知不觉中，你的孩子就成了不折不扣的妈宝，一辈子断不了奶的巨婴。在你母爱泛滥的阴影下，孩子要么爆发、叛逆，要么灭亡、消沉。

不管我们能否做到"相信孩子"或者"相信自己"，不管我们愿不愿意，我们必须接受我们的孩子已经在慢慢长大的事实，并且要独自去行走江湖了，而他们该怎么走，都是由我们的态度决定的。

记得我在之前的《你懒了，我就勤快了》中写到过，如果你相信"人之初，性本善"，那么就也请相信你的孩子，相信在孩子的身体里，早已具备了想成为一个怎样的人的全部条件，只是需要时间来揭晓。

在我们焦虑的时候，我们只需要相信我们的孩子，而不是限制一切管理一切。我们只需要让他们别因为我们的焦虑而背负太大负担，这样，他们就可以有足够的时间和空间去感受成长，因为他们知道，无论他们怎么样，都是可以被父母接纳的，于是他们的小宇宙，就可以全部集中在自我成长上，尽情汲取和释放能量。

共情，陪孩子遇见最美好的自己。

最高的礼貌和最大的善意，不是处处牵制处处怀疑，而是让对方感到舒服、放松、快乐。

孩子步入属于他们的江湖，我们到底该扮演怎样的角色？我一直很讨厌"育儿"这个词，我们自己都各种焦虑懵懂，智商发展与求知欲都不如孩子，我们有什么资格谈"育儿"呢？

尊重孩子思考和成长的轨迹，不干涉，给他们创造相应的环境，并且不论做什么都不要叨叨不要废话不要患得患失——无条件地爱他们。

操场上，一个帅气的男孩儿在打篮球（让我游离到豆蔻年华时的樱木花道、流川枫，又或者乔丹、皮蓬吧）。几米开外的树荫下，一辆车里，坐着我的好友——一位40岁的单亲妈妈和她四年级的女儿。娘俩一边啃汉堡，一边流着口水花痴般尽情享受着男孩儿的飒爽英姿——原来，这位妈妈，在陪着她情窦初开的女儿远远地仰慕她的男神——妈妈激动地问："他好棒啊，追她的女生一定很多，你不觉得竞争有点激烈吗？"女儿回答："不会啊，他要是不选我，就说明他还不够好。"

South Kensington 的地铁站里，悠扬的竖琴，在街头艺人的演绎下，穿透着每一个路人的心。一个金发小女孩儿把一镑硬币丢在了盒子里，她的妈妈先是给这位艺人点头微笑，然后轻轻蹲下，依偎着孩子，闭上眼睛，和孩子一起感受琴弦的悦动和心灵的鸣响——站在一旁的我，也不禁和她们一起，去享受这美好艺术带来的美好生活，感恩街头艺术家的高超技艺和对音乐的尊重与承载。

这两位妈妈对孩子的爱，是靠"共情"来实现的。

什么是共情？

也许你以为把自己放 low 就是共情，用幼稚的声音弯下腰和孩子说话就是共情，用简单的思维理解孩子深奥的问题就是共情，照本宣科或者经验主义就是共情——共情，是你陪伴孩子一起面对生命的所有挑战，陪伴孩子遇见最美好的自己的旅程。

那位陪着女儿仰慕男神的妈妈，从女儿第一次的悸动中找到了和女儿对话的入口。那么我们呢？我们是不是也相信，每个孩子都有他们独特的性格，因此就有他们独特的对话形式与通道？我们是不是能够并且已经找到了这个通道的入口？为了找到这个神奇的入口，我们是不是已经摒弃了固有的标准，把我们自己归零，去真正聆听我们的孩子、观察我们的孩子、感受我们的孩子？我们是不是洒脱地把自己在这个家里的"主人"地位给予孩子，让他们相信自己才是自己生命的主人？我们是不是足够信任与尊重、接纳与欣赏我们的孩子，以防在与他们对话之前，就妄自得出错误论断？

每一天，每一件小事，每一点改变，沉下心，用心聆听孩子，我们一起来收获。

我爱你，爱你坚强笃定的笑容。

读到这里的你们，是不是可以安静地闭上眼睛，想想傍晚下班回到家里，你们如何去迎接开学第一天回到家里的孩子？希望我们的爱，能如太阳般温暖着我们的孩子，又能给他们酣畅淋漓的自由。

从我们愉快地离开幼儿园教室那一刻开始，从深信我们的孩子开始，在这明媚的开学季，他们能够独立开启属于他们自己成长的平凡而伟大的第一天；开启他们和同伴一起，探索和创造这美妙世界的伊始；开启他们独立面对这纷杂世界和行走在这多彩江湖上的坚强与笃定的笑容。

为了那 99% 不会画画的孩子，我们更应懂得爱

爱是恒久忍耐又有恩慈，爱是不嫉妒，爱是不张狂，不做害羞的事；不求自己的益处，不轻易发怒，不计较人家的恶，不喜欢不义，只喜欢真理。凡事包容，凡事盼望，凡事相信，爱是永不止息。

——《圣经·爱的颂歌》

昨天，在大家纷纷积极转发自闭症小朋友可爱的画作时，一位专家站出来说：99% 的自闭症小朋友都不会画画。说这话的人，你有科学依据吗？即使真的根据大样本数据统计有 99% 的自闭症小朋友都不会画画，那么，你为什么要这样赤裸裸地在这最最温暖的时刻把它残酷地讲出来，从而另辟蹊径，去刺激那些自闭症的小朋友或者他们的父母，去打击那些平日从不发朋友圈，却因为内心那点童心未泯的小小世界而深受感动去呼唤爱、呼唤公益、呼唤温暖的成年人？

这位专家认为"自闭症儿童是弱化版的地球人，是需要我们去有距离地尊重"的。请问，什么叫作"弱化版的地球人"？你的意思就是"低于常人"对吗？什么叫作"有距离地尊重"？你的意思就是"敬而远之"对吗？那么，越是不把他们当作正常人看待，不给予他们无微不至的温暖，他们距离这个世界就会越来越远，距离你我就会越来越远，距离他们心中的那座灯塔就会越来越远。而你所谓的"有距离地尊重"，究竟害了多少孩子，究竟是多么苍白无力堂而皇之！

记得 JamesBarrie 在写《小飞侠》时，一遍遍地去构想他心里的那座梦幻岛 (Neverland)，那里有作者父亲去世前，一切属于作者记忆中的关于家的美好繁荣的景象，与其说那里是彼得·潘的梦幻岛，不如说那是作者心里永恒的梦幻岛，那座岛屿不存在于现实，却远远高于现实，它支撑着现实中沮丧、孤独、无望、抑郁的人们，去相信每一个婴儿落地发出第一声啼哭时，都会有一个庇佑着他的精灵诞生；去相信世界是美好的，这些美好就在我们的心里，我们的脑海里，我们的眼神里，我们的期待里。这些美好，是需要我们去相信并且坚定不移地相信的。那些说 99% 的自闭症儿童都不会画画的，难道，你们也要去哗众取宠地呐喊"彼得·潘的 Neverland 不存在"？从小飞侠诞生的

1904 年至今 100 多年间，没有一个人在意过梦幻岛是不是真的存在，人们只愿意去相信人们愿意相信的，梦幻岛在人们的心里！（就好比你现在站出来说上帝不存在，会有一万个人拍死你，至少你应该尊重每一个人的信仰，每一个人的选择。）

没错儿，世界是残酷的。残酷到有些孩子生来就有缺陷；有些孩子因为父母的过错而身体或者心理正遭受着缺陷的困扰；有些孩子即便没有缺陷，也或多或少在缺爱或者扭曲的家庭中艰难地成长着。孩子的力量，有时候真的微不足道，他们挣扎，他们孤独，他们无力去改变些什么，而家长往往选择性忽略他们的感受。正因为这样，这残酷的世界，才需要更多地被温暖唤醒、被爱唤醒。因为只有发自肺腑的爱，才可以支配我们持续的行为，踏踏实实地为这些需要帮助的孩子，去做一些力所能及的事情，而这"力所能及"，有时真的就是几句由衷的赞美、一点亲切的关怀和一份真挚的肯定。

即使是健康的孩子，在成功学的描述中，99% 应该也都是平凡的孩子吧？可是，就是这些平凡的孩子，在挚爱他们的父母的眼里，就是最棒的孩子，是独一无二的，不可取代的，是闪闪发光的。

如果你测试出你的孩子智商只有 80，如果你发现你的孩子平衡能力很差，如果你发现你的孩子逻辑思维跟不上，难道你就不去赞美他了吗？他可能就仿佛茫茫大海中的一条小鱼，遇见礁石会绕开，遇见风浪会停泊，遇见同伴会跟随或者逆行，他就是一条像 Nemo 或者 Dolly 一样的小鱼，普通到你根本在茫茫大海中辨识不出他，平凡到他的存在与否都与你、与这大海无关。可就是这样的 Nemo 和 Dolly，创造着属于他们自己的不平凡与奇迹：他们凭借自己开拓者的思维和无人可及的勇气，或者看到了外面的崭新世界，或者寻找到了失散多年的父母，或者帮助了那些需要帮助的小鱼，或者体验了从未体验的生活……像他们一样，我们的身边，有多少这样平凡而伟大的孩子，这些孩子，每一天，都在创造着属于他们自己的奇迹，即使这些奇迹在某些成年人口中不值一提。

尊重每一份微小的改变，因为那是在你看不见的巨大努力和付出中成就的；尊重每一个人的选择，因为在你看来的荒诞与真实，对别人来说却是支撑他们得以前行的灯塔；尊重每一座梦幻岛，因为对相信它的人来说，那里有爱，有梦想，有奇迹；尊重爱，爱是凡事包容，凡事盼望，凡事相信，爱是永不止息的。

 ### 如果你爱他，就让他知道

我的爸爸，核心愿望就是：让我再胖 5 千克。每次见面，不问工作，不问情感，不问生活，只问一句：你怎么还那么瘦？每次打电话，第一句永远是：吃了吗？吃的啥？爸爸最最自豪的，不是我的学习或者工作，而是我能做一手美食，饿不到自己，也饿不到小瓜。我爸的世界里，吃好，就足够了……

记得小学四年级前的我，学习不太努力，任性又贪玩儿。有一次，抱着课本去院儿里的电影院第一排边复习边看电影，结果第二天语文测验考了 70 分。最最痛的记忆，莫过于"卷子签字"，妈妈很严格，考 94 分都能找我谈 3 小时，谈话主题：粗心会对你的人生造成怎样的后果。

鼓足勇气的我，偷偷找爸爸签字。爸爸："放心，老爸不会告诉你老妈的，下次考好点儿。"就这么一句，我觉得世界都亮了！

成长路上，还好有帮着我们作弊的老爸。

我成长的 10 年间，爸爸因为工作原因，是缺席的。记得小瓜出生的时候，爸爸三天三夜没睡，目不转睛盯着小瓜，流着泪，然后又傻笑，然后再流眼泪，他说小瓜是他希望的延续。

爸爸从没当面表扬过我，却被妈妈告知在朋友面前，他会非常嘚瑟地夸赞我，根本停不下来。而每每面对我的时候，他却只会说那句：你要再胖 5 千克啊！

他是我爸，小瓜出生前，我们共同生活的记忆好像没有那么多；现在，他陪伴着我，陪伴着小瓜。他会一大早跑去超市，只为抢到打折的牛肉；他会口是心非地一边责备我不会照顾自己，一边为我做好热气腾腾的过油肉拌面；他会下着大雨去公司给我送伞，然后把伞放在前台转身离去——他的步履蹒跚，脊柱有点侧弯，他不再是那个走路带风的老爸了。

如果你爱他，就让他知道；当他老了，你会永远在他身边，搀扶着他，给他唱那首你儿时他最爱听你唱的歌儿。

 ## 在这拜金年代山神犹在

恰逢端午回到家乡——追随爷爷的足迹。这次伊犁之行，感受着爷爷开辟的天地，看小瓜尽情地在河边戏水、在草原狂奔、在公路追赶羊群、在野花中骑马驰骋、在雪地里尖叫打滚。

我的眼眶里浸满泪水——想讲讲爷爷的故事。

爷爷是军人，曾跟随王震的部队，解放新疆。全长约560公里、堪称世界公路史奇迹的独库公路，是爷爷所在的部队参与修建的。

伊犁尼勒克军马场——开启草原牧民新时代的丰碑，是爷爷参与组建的。

草原上第一个砖房羊圈，是爷爷从80千米开外，拉着水泥和砖头，为牧民建造的，从此羊群不用在游牧的蒙古包附近挨饿受冻……

回到爷爷造福牧民开辟的故土，见到了尼勒克的老人，他们把小瓜高高擎在空中，让小瓜听太爷爷骑着骏马蹚过河流、飞过草原、穿过森林去看望牧民，治疗马匹的铁蹄声。

豁达的人，会倾其所有善待他人，在爷爷眼里，谁都是亲人，家是大家。

尼勒克，我出生在这里，长大后却第一次来到这里。我的记忆，属于爷爷。

儿时的我还不是学霸，一年级语文考 50 分 (那是其他人语文 + 数学的双百年代)，爷爷说："我们娃真棒，都会做一半的题了。"爷爷给我买了一块金币巧克力作为奖励。

零下 20 摄氏度的大雪天，爷爷早早就伫立在学校门口等我——马裤呢军装已经变成了白色，爷爷神秘地从怀里掏出一个被体温焐热的杬果——那是我人生吃到的第一个杬果，此后再也没有吃到过那么甜那么暖的杬果了。

爷爷是大院儿里唯——个同意我把作业带进大院儿电

影院的家长，我坐在电影院第一排就着亮光边看电影边写作业，写成了学霸……

儿时的我问爷爷："爷爷，你为什么爱我呀？"爷爷说："因为你是我孙女儿呀！我爱你，不因为你优秀你可爱；我爱你，不因为你给予我多少……"

那时，我知道了什么叫无条件的爱……

我的豁达，是爷爷给的；我的记忆，是爷爷丰富的；我的善良，是爷爷赋予的；我的乐观，是爷爷感染的；我的坚韧，是爷爷言传身教的……

身旁的小瓜不停地问眼睛湿润的我："妈妈，天堂是什么呢？"

"天堂是太爷爷的家，离我们很远，在风中、在云里、在山间、在草原、在路上……我们听得到、看得到、感觉得到，太爷爷离我们很近很近……"